1×∞《ワンバイエイト》
経験値1でレベルアップする俺は、
最速で異世界最強になりました！
Yutaka Matsuyama
著 マツヤマユタカ
絵 藍飴

ギャレット
アリアスの護衛隊の隊長。
アリアス
アルデバラン王国の王女。現在は逃亡の身。治癒魔法を使う。
カズマ・ナカミチ
本編の主人公。トラックに轢かれ、気づけば異世界にいた。あらゆるスキルが経験値1でレベルアップする。

カイゼル
帝国軍最強と謳われる
グリンワルド師団の長《おさ》。
ソウザ
カイゼルの部下。蒼龍槍《そうりゅうそう》
を持ち、黒蛇隊《こくじゃたい》を率いる。
登場人物紹介
CHARACTERS

第一章　異世界？

ふと目覚めると、鬱蒼《うっそう》とした森の中にいた。

「……え？　ここは森？　僕はなんでこんなところに」

僕は地面に寝ていた身体を起こし、軽く頭を振った。

すると、少しずつ記憶が蘇《よみがえ》ってきた。

突然間近に迫る車のヘッドランプ。

けたたましく響く甲高《かんだか》いブレーキ音。

そして、ガードレールを紙のように切り裂く金属の衝突音。

「……そうだ。僕は死んだんだ。トラックに轢《ひ》かれて……たぶん即死だったはずだ」

僕――ナカミチカズマは、十五歳の誕生日に、運悪く歩道に突っ込んできたトラックに轢《ひ》かれて命を落とした。

じゃあ、ここは？

「もしかして天国？　それにしては、普通の森にしか見えないんだけど」

身体に痛みを感じないことから、ここは現世ではないだろうと思いつつ、ひとまず立ち上がってあたりを見回した。

「う〜ん、どう見てもただの森だ。天国って感じじゃないけど、地獄ってわけでもなさそうだ」

とりあえず、最悪の地獄行きコースは免《まぬか》れたらしい。

ほっと胸を撫《な》で下ろした僕は、周囲を探ろうと歩き出した。

すると、遠くの方からかすかに水が流れる音が聞こえてきた。

僕は思い出したように喉《のど》の渇《かわ》きを覚え、音のする方向に向かっていく。

生い茂る雑草をかき分けていくと、谷間に小川があった。水がさらさらとさわやかな音を奏《かな》でて流れている。

僕は木々を伝って斜面を下りていき、小川にたどり着くなり、水をすくって飲んだ。

「美味《うま》い！　喉《のど》が渇《かわ》いていたからなおさらだ」

僕は何度か水をすくって喉《のど》の渇《かわ》きを癒《いや》してから、あたりを見回す。

すると、すぐ近くに簡素な小屋がポツンと建っていた。

誰かいるかもしれないと思い、その小屋に行ってみることにする。

だが、小屋からは物音一つしなかった。

「誰もいないのかな。とりあえず中に入ってみるか」

僕はゆっくり小屋の扉を開ける。

やはり、中には誰もいなかった。

室内には、ベッドに机に椅子が一脚。ものはあまりなく、誰かが今ここで生活しているようには見えない。

キッチンがあったので、そちらも見てみる。

包丁《ほうちょう》やまな板などの調理器具があった。竈《かまど》や、塩や胡椒《こしょう》といったちょっとした調味料もあるにはある。しかし、どれも埃《ほこり》をかぶっていた。

「冷蔵庫がないな。というか、電化製品は一切見当たらない」

そのとき、タイミングよく僕のお腹がぐーと鳴った。

「何か食べるものはないのかな」

僕はキッチンの引き出しを全部開けて中を確かめた。

だが、食材と言えるものは何一つない。これだけ生活感がないのだから当然な気はするけど……

それでも僕は、どこか期待していたため、がっくりと肩を落とした。

ただ、代わりにあるものを見つけた。

「釣《つ》り竿《ざお》か」

釣《つ》り道具一式が壁に立てかけられていたのだ。

「よし、やったことはないけど、魚を釣《つ》ってみるか」

僕は釣《つ》り道具を持って、先ほどの小川に向かった。

そして、うろ覚えのやり方で準備をした。

「そうだ、餌《えさ》は？」

僕は何かのマンガに書いてあった方法を思い出し、落ちている石の裏を覗《のぞ》いてみた。そこには、うにょうにょと動く細長い虫がいた。

気持ち悪い動きをするその虫を、僕は顔をしかめつつ捕まえ、なんとか釣《つ》り針につけた。

続いて、釣《つ》り竿《ざお》を振って、小川に投げ込む。

「よし、なんとかできたぞ」

僕は自分の出来に満足したのだが、そこから五分経っても十分経っても、竿先《さおさき》が揺れることはなかった。

やっぱり素人じゃ無理か。

そう思った途端、急に糸がピーンと張り、竿先《さおさき》がカーブを描いてしなった。

「来た！」

僕は勢いよく竿《さお》を立てる。

すると小川から、一匹の魚が飛沫《しぶき》を上げて飛び出した。

「やったー！」

僕が歓喜の声を上げるのと、ピロリロリン♪　という軽やかな音が聞こえたのは、ほぼ同時であった。

「へ？　今の音は？」

僕が呆然《ぼうぜん》としていると、突然目の前に半透明なガラス板のようなものが現れた。

驚きが倍加したままガラス板を見つめていたら、今度は突然『レベルアップしました』という声が頭の中から聞こえてきた。

「な、なんだこれ？」

目の前に浮かぶガラス板には、何かが書かれている。日本語ではないのに、なぜか僕でもわかる。そこも気になるが、まずは文字を読んだ。

「えーっと『魚釣《さかなつ》りスキルがレベル1からレベル2に上がりました』だって？」

今魚を釣《つ》り上げたから、レベルが上がったってことか？

ていうか、このガラス板はなんだ？　宙に浮いているぞ。

困惑しているうちに、突然フッと消えてなくなった。

僕はしばし口をあんぐり開けて、呆《ほう》けてしまった。

「ゲームの世界に迷い込んでしまったとか？　それとも……」

僕は驚きを抑え、試しにもう一度釣《つ》りをしてみた。

今度はすぐに魚が釣《つ》れた。

ピロリロリン♪

鳴った。またあの音だ。

すると、またも目の前にガラス板が出てきた。

そこには、『魚釣《さかなつ》りスキルがレベル2からレベル3に上がりました』と書かれている。

僕はごくりと生唾《なまつば》を呑《の》み込む。

そして、今考えられる答えを出す。

「ここは、ゲームの世界か、もしくは異世界に違いない」

僕は、川辺の砂利《じゃり》の上で、釣《つ》った魚がぴちぴちと跳《は》ねる音を聞きながら、自らが置かれた境遇を思い、嘆息した。

「……でも、色々と考えてみたって仕方がない。とりあえずは腹を満たそう」

先ほどからぐうぐう鳴るお腹を落ち着かせるため、僕は食事を取ろうと小屋に戻った。

キッチンの竈《かまど》の横には薪《まき》と木屑《きくず》が置かれており、そのそばにはキャンプで使うような火打ち石もあった。

ただ、僕はこれまで料理なんてものは、一度もしたことがない。

カップラーメンにお湯を入れることだって未経験だ。

僕は本やテレビで見た曖昧《あいまい》な記憶をもとに、木屑《きくず》の上で火打ち石を叩《たた》いてみた。

「これでいいのかな？」

カチッカチッという音がキッチンに響く。するとどうだろう、驚くくらいに大きな火花が散った。

火花は見事に木屑《きくず》に着火したようで、小さいながらも火が起こった。

僕は喜ぶ間もなく、せっかくついた火を消さないように酸素を送り込むため、急いで息を吹きかけ火を大きくする。そして、その火を薪《まき》に移して竈《かまど》にくべていく。

「びっくりした……こんなに簡単に火ってつくものなのか？　それとも、この木屑《きくず》や薪《まき》が異様に火がつきやすいのか？」

僕は疑問を抱きつつも、キッチンにあった金属製の串《くし》に釣《つ》った魚を刺して火の上にかけた。

徐々にこんがりと魚が焼けていく。

よく見ると、今まで見たことのない種類の魚だ。

なんというか、深海魚っぽいグロテスクな感じがする。

そんなところからも、ここが元いた世界ではないことを改めて確信した。

そうこうするうちに、どうやら魚が焼けたようだ。

美味《おい》しそうなにおいがする。

僕がその香《こう》ばしいにおいを嗅《か》いだところで、またもピロリロリン♪　と音が鳴り、ガラス板が遠慮会釈もなく出てくる。

そこには、料理スキルが1から2に上がったことが記されていた。

「今度は料理スキルか。何をやってもレベルアップするんだな」

僕は呆《あき》れ気味にそうつぶやいた。そして、これ以上放っておくとせっかくの美味《うま》そうな魚が焦《こ》げてしまいそうだったので、急いで食すこととした。

やけどしないように手近にあった布を使って金属製の串《くし》を掴《つか》み、息をふーふーと吹きかけながら、見たことのない魚をかじってみた。

「美味《うま》い！　抜群に美味《うま》いぞ！」

僕は焼き魚に舌鼓《したつづみ》を打ちつつ、もう一匹の魚も焼くべく、串《くし》に刺して火にかけた。

一匹目の魚を綺麗《きれい》に食べきってから、すぐさまちょうどよく焼けた二匹目に取りかかる。

「うん。美味《うま》い。さっきと若干種類が違うみたいだけど、こいつも美味《うま》い」

食べきったものの、魚は二匹ともかなり小ぶりだったため、味はよかったがお腹は満たされていなかった。

「もっと大きな魚はいないのかな」

僕は再び竿《さお》を担《かつ》ぎ、小川へと向かう。

そして餌《えさ》を探して針につけ、さあ投げ込もうかと竿《さお》を振り上げたとき、視線の先に可愛《かわい》らしい動物の姿を捉えた。

「あ、イノシシ……ていうか、その子供のうり坊みたいだ」

イノシシの子供はうり坊と言うらしい。以前テレビで見た。

イノシシは子供の頃にだけ背中に縞模様《しまもよう》があり、その姿が縞瓜《しまうり》という瓜《うり》に似ているところから、うり坊と呼ばれるのだとか。

「でも、縞模様《しまもよう》は特にないな……それに、小さいけど牙が生えている」

うり坊みたいなやつは、僕を認識したのか、ゆっくりとこちらに近づいてくる。

「人懐《ひとなつ》っこそうだ。う〜ん、可愛《かわい》らしい。動きもひょこひょこしてて可愛《かわい》いな」

僕は竿《さお》を置き、うり坊もどきが近づいてくるのを、両手を広げて待ち構えた。

「おいで。魚を取ったら少し分けてあげるよ」

うり坊もどきは短い脚をそそくさと動かし、どんどん近づいてくる。

そして、一メートルほどの距離になったとき、うり坊もどきの目がギラリと光り、速度を急激に上げた。これは突進だ！

僕は咄嗟《とっさ》に身体をよじった。

すると、僕のそばを、一陣の風のようにうり坊もどきが駆け抜けた。

だが、まだ終わらない。うり坊もどきは静かに立ち止まると、僕に向かってゆっくりと首《こうべ》をめぐらした。

キラーン☆

その目には、あからさまな殺気が込められていた。

「やば……危うくやられるところだった……」

こいつは敵だ。僕を餌《えさ》だと思っている。

こうなったら戦うしかない。

だが今手元にあるのは、細い釣り竿《つざお》だけだ。

こんなもの、武器になんてなりはしない。

僕は瞬時に頭を働かせた。

石を投げるか？　ここには小石がいっぱい落ちている。

いや、ダメだ。確実ではない。外したら突っ込まれる。

じゃあ、どうする？

そうだ！　小屋の中に薪《まき》割り用の斧があった。

僕は方針を決めると、小屋に向けてダッシュした。

幸い、うり坊もどきは僕の行動に戸惑《とまど》っているのか、動けないでいる。

この隙《すき》に！

僕は小屋の中に飛び込むと、扉のすぐそばに立てかけてあった斧を力強く握《にぎ》りしめる。

そして急いで踵《きびす》を返し、再び孤高の戦場へと帰還した。

「これなら勝てる！　かかってこい！」

僕の頭の中では、うり坊もどきはすでに愛玩《あいがん》動物候補から、美味《うま》そうな獲物に変わっている。

種類は多少違うけど、きっと肉はイノシシ並みに美味《おい》しいだろう。

お腹を満たすため、君を倒させてもらう。

僕はじりじりとすり足でうり坊もどきとの間合いを縮めていった。

うり坊もどきも警戒しているのか、先ほどとは違い、ゆっくりと距離を詰めてくる。

お互いの視線がぶつかり、激しい火花が散る。

今だ！

僕は駆け出した。

うり坊もどきも同じく駆けてくる。

互いの距離が一瞬で縮まる。

刹那《せつな》！

陽光を反射して斧が煌《きらめ》いた。

次の瞬間、ドサッという鈍《にぶ》い音が静かな川辺に響く。

勝った！

僕が大きく息を吐《は》き、勝利の余韻《よいん》に浸ろうとしたとき、またも無粋《ぶすい》な音が頭に鳴り響く。

ピロリロリン♪　レベルアップしました。

ガラス板が目の前に現れる。

そこには、やれ戦闘スキルがアップしただの、力がアップしただの、ＨＰがアップしただの、箇条書きでいくつもの情報が書かれていた。どうやらこのガラス板は、僕のステータスを表示しているようだ。

めんどうだが一応きちんと読んでおこうかと思ったら、半透明なガラス板の向こうに、もう一頭のうり坊もどきの姿が映っていた。

先ほどのやつよりも一回り大きい。もしかして、こいつの親か？

いや、親というほど大きくはない。兄弟か何かか？

その目は殺気に満ちている。

ピロリロリン♪

開かれたステータス画面を見ると、どうやら魔物認識能力が上がったらしい。

いいだろう。

僕はレベルアップしている。ちゃんとステータス画面を読めてはいないけど、きっと戦闘能力も上がっているはず。

僕は右手に持った斧を力強く握《にぎ》りしめ、二頭目のうり坊もどきに近づいていく。

うり坊もどきも僕に狙いを定めながら、静かに近づいてきた。

僕らは徐々に歩く速度を速めていき、互いの間合いはどんどんと詰まっていく。

そして、ついに僕は駆け出した。

うり坊もどきもすでに駆け足となっている。

互いの間合いに入った。

うり坊もどきが僕に飛びかかる。

僕はその頭めがけて、頭上高く振り上げた斧を一気に振り下ろした。

ドズッ！

殺《や》った！

頭蓋《ずがい》を叩《たた》き割られたうり坊もどきの身体は、地面にどさりと落ちた。

ふう～。

僕は立て続けの戦いに勝利し、安堵《あんど》の吐息《といき》を漏《も》らした。
だが、すぐにあの音が頭の中に響いてくる。
ピロリロリン♪　レベルアップしました。
うるさい。画面もうざい。
またなんか色々とレベルアップしているようだ。
でも、そんな数値を見たところで実感はない。
だから、あんまり興味を持てなかった。
そこへ、遠くの草むらがガサガサと鳴った。
また？
僕はうんざりしながらも、音のした方向を見た。
まただった。
しかし、今度のはさっきまでのうり坊もどきとは違っていた。
もっと大きなイノシシもどきだった。
ピロリロリン♪
はいはい。魔物認識能力が上がったのね。
僕はステータス画面を無視して、モンスターを凝視《ぎょうし》する。

親だな。完全にうり坊もどきたちの親だ。

デカい。殺《や》れるか？　レベルアップはしているようだけど、こいつに勝てるのか？

僕は自分自身に問いかけた。

どうもよくわからないが、なぜか自信が漲《みなぎ》っている。

なんか行けそうな気がする。

よし、行ってみよう。

僕は再び斧を力強く握《にぎ》りしめ、姿を現した大きなイノシシもどきに向かって歩き出した。

数分後――
僕は大きなイノシシもどきを倒すことに成功した。
そして――
ピロリロリン♪　レベルアップしました。
はいはい。レベルアップね。
と、ここでまたも草むらから何かが現れた。
デ、デカい。さっきのイノシシもどきよりも一回り……いや、二回りデカいぞ。
さっきのは母親イノシシで、こっちが父親イノシシか。

ピロリロリン♪　……もういいや。

すうー。

僕は肺いっぱいに空気を吸い込み、息を止めて全身に力を込めた。

いける！

きっと倒せるはずだ。

なんの根拠もない自信を胸に、僕は決心した。

ぶふうー！

僕は溜《た》め込んだ空気を一気に吐《は》き出すと、斧を強く握《にぎ》りしめて四たび戦いに足を向けた。


数十分後――

勝った……

かなり苦戦したが、なんとか勝った。

親子四頭で仲良く成仏《じょうぶつ》してほしい。

僕は心の中で彼らに手を合わせると、小うるさいレベルアップ音と目の前に開いたガラス板を無視して、まずは一頭目の一番小さなうり坊もどきの解体に着手した。

「ふう〜、食べた食べた。お腹いっぱいだ〜」

僕はうり坊もどきの焼肉に大満足だった。

予想通り、その肉はイノシシのように脂《あぶら》がたっぷりのっていて、大変に美味《びみ》であった。

もちろん一頭丸ごと食べきれるわけもないので、残りは燻製《くんせい》にでもしようと思っている。

他の三頭も同じだ。

幸い、一頭目を解体したところで解体スキルのレベルが上がった。

その後も、やればやるだけどんどん上がっていった。

最後に一番大きなイノシシもどきを解体したのだが、目を瞑《つぶ》ってもできそうなくらいに上達していた。

だからおそらく燻製《くんせい》スキルも、やればどんどんレベルアップし、上手くなるんじゃないだろうか。

ならば、皮のなめしスキルや骨の加工なんかもできそうだ。

うん。後で全部やってみよう。

大事な命だ。丸ごと使えるなら、それに越したことはない。

次に僕は、小屋の裏側へと回り込んだ。

実は先ほど、そこにドラム缶風呂があることを発見していた。地球ではなさそうなのに、ドラム缶風呂だ。理由はわからないが、僕にはありがたい。

「お腹も満たされたことだし、お風呂に入って汗を流そう」

僕はウキウキした気分でどうやってお湯を沸《わ》かそうか考える。

「え～と、薪《まき》をここに入れて火をつければいいんだよね」

ドラム缶風呂は二カ所に置かれたレンガのような石の上に載せられて、その石の間が黒く煤《すす》けていた。きっとここに薪《まき》を入れてドラム缶の中の水を温めるのだろう。

すぐそばには短く切られた丸太が大量に積んであった。小屋の中にも薪《まき》はあるが、せっかくだからこれを使わせてもらおう。

「でも、このままだとさすがに大きすぎるな」

積んであった丸太は、ドラム缶風呂の下にそのまま入れるには大きすぎた。ただ、丸太の山の隣には、切り株がある。ここで丸太を割ればいい。

「よし、薪《まき》割りをしよう」

僕は丸太を一本抜き取り、切り株の上に置いた。

そして手に持った斧を力いっぱい振り下ろす。

だが――

僕の振り下ろした斧は、丸太に当たりはしたものの、綺麗《きれい》に真っ二つとはいかず、端っこを少しばかり裂いただけだった。

「……なかなか難しいな」

しかしそのとき、またしてもうるさいあれが鳴った。

ピロリロリン♪　レベルアップしました。

次いでステータス画面が出る。

はいはい、わかりましたよ。レベルアップしたなら次は外さないね。

僕はもう一度斧を振りかぶると、力強く振り下ろした。

乾いた高音があたりに響く。

丸太は見事に真っ二つに割れていた。

だがすぐにあれも鳴る。

ピロリロリン♪

僕はレベルアップのうるさい音に悩まされつつ、二十本ほどの丸太を割って薪《まき》を作り、ドラム缶風呂の下に突っ込んだ。

「よし、薪《まき》はこれで充分。あとは水か……」

ちょうどよく、近くに水汲《みずく》み用と思われる木製のバケツが置いてあった。

「よし」

僕はそのバケツを手に取り、小走りで小川に向かった。

といっても、小川までは十メートルくらいだ。すぐに着く。
僕は手に持ったバケツで水をすくった。
バケツの中には水がなみなみと入っている。
それをできるだけこぼさないように運び、ドラム缶風呂の中に流し込んだ。
「あと十往復……いや、十五往復くらいかな」
僕はそんなことをつぶやきながら、小川との間を行ったり来たりした。
その数、実に二十回。
ようやくドラム缶風呂の中が水で満たされた。
「ふう～、よし、あとは火をつけるだけだ」
僕は火打ち石を、ドラム缶風呂の下に薪《まき》とともに入れた木屑《きくず》の上で叩《たた》き合わせた。
カチッカチッという音とともに、派手に火花が散る。
すると、竈《かまど》のときと同様にすぐさま火がついた。
僕はすかさず息を吹きかけ、火を大きくする。
フーッフーッ。何度も何度も息を吹きかける。
火は薪《まき》に移り、大きく燃え上がった。
「よし、これで準備完了。あとはお湯が沸《わ》くのを待つだけだ」

僕はしばらくの間、ワクワクしながらお湯が沸《わ》くのをじっと待った。

だが、タオルや着替えがないことに気づいた。

「小屋の中にないかな？　探してみよう」

というわけで、小屋の中に入って物色してみる。

ぱっと見はほとんどものがなかったが、ベッドの下が引き出しになっていた。

「あったらいいのだけど……」

ゆっくり引き出しを開けると——運のいいことに、綺麗《きれい》なタオルがしまわれていた。

しかも、服も二着見つけた。ただし——

僕は服を二着とも取り出し、目の前で広げてみた。

「これは……西部劇？　それとも中世のヨーロッパとか？」

服は、現代のものとは到底思えない、古めかしいデザインのものであった。

いや、古めかしいというか、びっくりするほどシンプルというか……とにかく現代日本ではまず見かけない服であった。

「う～ん、どちらも普通の服じゃない……」

困ったものの、僕はよりましなほうを選び、もう一着は再び引き出しの中にしまった。

「でもまあ、ないよりはましだよね」

僕は期待に胸を膨《ふく》らませ、タオルとその変な服を持ち、裏手へ戻る。

そして、ドラム缶風呂に指を軽く入れてみる。

「お、いい感じ」

僕はいよいよ風呂に入ることにした。

ちょうど都合がいいことに、小屋の軒《のき》にロープが張られていたので、僕はそこに着替えの服とタオルをかけた。

それから、着ている服もロープにかける。

そして、ドラム缶風呂に入るため、薪《まき》を入れたところとは反対側に設置された石の階段に足をかけ、もう一度手でお湯の温度を確かめてから、ゆっくり片足を入れた。

「う～ん、いいね」

僕はさらにもう一方の足をお湯の中に入れると、少しずつ腰を落とし、身体全体をお湯の中に沈めた。

「ふ～、最高～」

さらさらと流れる小川の音を聞きながら、僕は空を見上げた。

雲が風に吹かれてゆっくりと流れていく。

あ～なんて気持ちがいいんだ。幸せだ～。

僕は天然の素晴らしいロケーションの中であたたかなお湯に浸かり、しばしゆったりとした時間を過ごした。

「ふ～、いいお湯だった」

僕は風呂から上がると小屋に戻った。

お腹が満たされ、汗も流したところで急に眠たくなったのだ。

ベッドに身体を預け、仰向《あおむ》けになって考える。

「とりあえず当分ここで生活してみよう。ここがゲームの世界なのか、異世界なのかはわからないけど、生きられるならどこだっていいや」

そうして僕はこの粗末《そまつ》な小屋で、しばらくの間何をするでもないぐうたらな生活をすることに決めると、安閑《あんかん》とした眠りについた。

☆

あれからどれくらい経ったのか……

一か月は経ったと思う。日数を数えていないから正確にはわからないが、たぶんそれくらいだろう。

それにしても、ここには何もない。

高い山に囲まれた窪地《くぼち》であるため、行動できる範囲は広くない。

初めの頃に山を登ってみようと思ったものの、窪地《くぼち》の周囲はどこも崖《がけ》だったので危険に感じ、実行に移すことはなかった。

一応何をやってもレベルアップするから、挑戦し続ければいずれ登れるのだろうが、今はこの閉じられた範囲を探索したかった。

そういえば、レベルアップの通知音とステータス画面はもう出てきていない。

あの音と画面に辟易《へきえき》していたため、どうにかして止める方法はないものかと探してみたら……結果、それはあった。

ガラス板に似たステータス画面は、タッチパネルのように触れることができ、本のようにめくって違うページを見られることがわかった。

そこで、何ページもめくってみる。

すると、最後のページに色々な通知のオンオフボタンがあった。

僕は迷わず全部オフにした。

それによってようやく、あのやかましいピロリロリン♪　という音が聞こえなくなり、ステータス画面がところ構わず出てくることもなくなった。

それ以降、僕は至極快適にのどかなスローライフを送った。

野山を駆け回って山菜やきのこを採って食べたり、川で気ままに寝転がりながら釣《つ》り糸を垂《た》れたり、ただただ怠惰《たいだ》な時を過ごした。

他にも洞窟《どうくつ》を探検して色々な獣と戦ったり、煌《きら》びやかに光る岩を削《けず》って首飾りを作ったりもしている。

そうそう、洞窟《どうくつ》の近くには五、六人が生活できそうな大きめの家があった。

たぶん、誰かがここで僕と同じように採掘をしていたんだと思う。

僕は大きな家の中で、たくさんの服を見つけた。

だがおかしなことに、ここにある服も最初の小屋で見つけたものと同じく、皆変なのだ。

現代のシャツとかトレーナーとかセーターとかいったものとはデザインが異なり、やはりどうにも古臭い。

これは一体どういうことなのだろうか？　二つの小屋にある服が、どれもこれも古臭いというのは。

でもまあ、服が大量に見つかったのはありがたかった。

小屋の中で洗濯板やせっけんを見つけ、洗濯ができるようになったのだが、着替えが二着だけでは心もとなかったから。

ちなみに、二つの建物ともこの一か月、誰も戻ってくることはなかった。

やはり、どちらももう使用されていないのだろうか。

だがまあ、それ以外はこれといって特に問題はなかった。

そんなこんなで最近では僕も強くなり、自分の背丈《せたけ》より大きい獣も簡単に倒せるようになった。

おそらく色んなスキルやステータスが相当レベルアップしていることだろう。

あのステータス画面は、あれ以来見ていないが。

獣は皆、焼くととても美味《うま》かった。

なのでこの頃は獣が出ると、条件反射でつばが溢《あふ》れ出てくるほどだ。

だが、こんな優雅な生活は突然終わりを迎えた――


山の向こうから、人の声が聞こえた。

しかもそれは、うら若き女性の、助けを求める悲鳴であった。

風雲急を告げるその声は、これまでの退屈ながらも優雅な日々を破壊する運命の鐘《かね》のようにも聞こえ、身体は震えた。

僕は意を決して駆け出した。

「助けに行かなきゃ！」

走りながら手に持った斧を背中に回し、ベルトに挟《はさ》む。

こうすれば両手が空《あ》くから、上手くいけば崖《がけ》に登れるはずだ。

前に登ろうとしたときはあまりにも急角度で登れなかったけど、今ならレベルアップしているから行けるかもしれない。

叫《さけ》び声がした方向の崖《がけ》にたどり着いた僕は、岩肌に手をかけた。

そしてその岩肌をぎゅっと力強く掴《つか》むと、足を踏ん張って身体を上へと持ち上げる。

次に、片方の手を岩から離してさらに上にある岩を掴《つか》むと同時に、片足も上へ上げて、足場を探して踏みしめた。

それを繰り返して、どんどん身体を上へ押し上げていく。

「よし、いいぞ。登れる。だんだん楽になってきているから、やっぱりレベルアップしているぞ」

自然と笑みを浮かべながら、どんどん崖《がけ》を上っていった。

そうしてついに崖《がけ》の上へとたどり着く。

「よし！　登りきったぞ」

崖《がけ》は壁のように僕のいた窪地《くぼち》と外の世界を分けており、外には見渡す限りの森が広がっていた。

次の瞬間、またも女性の悲鳴がした。

僕は声の出どころを確認する。

外の森を見下ろせば、十人ほどの人たちが輪になって、獣たちからの攻撃に耐えていた。

しかも襲っている獣はかなりの大型だ！　全部で六頭！

「デカい！」

眼下の獣は今まで見たことがないくらいの大物ばかりであった。

だが種類自体は、以前から何度も仕留めたことのあるイノシシ型の獣だ。

「あれくらいならやれるはずだ！」

僕は無我夢中で崖《がけ》を駆け下りた。

そのままの勢いで最も近くにいた獣に向かいつつ、背中の斧を抜き放って頭上高く振りかざした。

「おりゃあああ――――！」

僕は裂帛《れっぱく》の気合とともに宙高く飛び上がると、獣の頭部に向かって斧を振り下ろした。

骨ごと肉を叩《たた》き割る鈍《にぶ》い音があたりに響く。

続いて獣の頭部から鮮血《せんけつ》と一緒に脳漿《のうしょう》が勢いよく飛び散った。

獣は咆哮《ほうこう》を上げることもできずに、四肢《しし》を崩して地面に倒れ込んだ。

「よし！」

僕は獣が死んだことを見届けると、すぐさま次なる獲物に向かう。

次の獣との距離を一気に詰め、その眼前で先ほどと同じように飛び上がった。

力いっぱいに斧を振り下ろし、獣の首を斬り落とす。

すさまじい血しぶきが噴き上がる。

だが僕は返り血に構わず、別の獲物を狙う。

そして、あっという間に六頭全ての獣を打ち倒した。

僕はなんとか獣の群れを倒しきれたことに、ほっと安堵《あんど》の息を漏《も》らす。

それからふと振り返ると、呆然《ぼうぜん》とした様子の男たちと目が合った。十人ほどの集団で多くは男性だった。奥に女性もいるようだが、男性の陰に隠れていてよく見えない。彼らは皆、白人のようだった。この世界の住民と初めて会ったけれど、僕の知る白人とも雰囲気《ふんいき》が違う気がした。

「あ、どうも……」

僕はなんと言ったらいいものかと迷い、ちょっと場違いな挨拶《あいさつ》をしてしまった。

そもそも、言葉が通じるかもわからない。

男たちはまだ口をあんぐりと開けている。

やはり、言葉が通じないのだろうか？

「あのう……」

僕が言葉を重ねると、一団の中で最も年長と思われる、白髪交じりの黒髪を短く刈り上げ、口髭《くちひげ》をたくわえた精悍《せいかん》な顔つきの男が、ようやく我に返った。

「あ、いや、声をかけられたのにすまない。助けていただき礼を申す」

男は実に丁寧に頭を下げた。

日本語ではないのに、彼の言葉がわかるし、向こうも僕が何を言っているのかわかるようだ。

僕は同じように頭を下げる。

「いえ、大したことじゃないので」

すると、男たちが今度はギョッとした。

「大したことないなんてとんでもない！　君は我々では対処できないほどの超大型のランブルボアの群れを全て倒してしまったんだよ！」

「いえ、そんな……あの獣、あれってランブルボアって言うんですね？　それなら、今までに何十頭も倒しているから、ちょっと大型だったけど、いけると思って」

僕は反射的に恐縮してしまった。

「い、今まで何十頭もだって？　あの忌《い》まわしく恐ろしいランブルボアを？　本当なのかい？」

ランブルボアって、そんなにヤバめな獣なのか？

「あ、いや、そうですね。この一か月で五十頭くらい……いやもっとかな？　あ、でもこんなに大きいのは初めてですよ」

「五、五十頭以上……ランブルボアを……い、いや、でもこの状況を見れば当然か……」

どうやら、ランブルボアはかなりヤバいやつだったらしい。

僕がどう返事をしたものかと思案していると、男たちの後ろから可憐《かれん》な少女の声が聞こえてきた。

「わたしからもお礼を。危ないところを助けていただき、本当にありがとうございました」

見たことがないほど見目麗《みめうるわ》しい少女が、優雅な笑みを浮かべていた。

「あ、い、いいえ、本当に大したことではないので、お気になさらず……」

僕が彼女の美しさにドギマギしていたら、少女はかしこまる男たちをかき分け、僕の目の前まで進んできた。

「いいえ、彼らが言う通り、ランブルボアは小型のものでも恐るべき相手です。それなのに、あれほどの大きなランブルボアたちをいともたやすく退けるなんて、心底驚きました」

「いやあ、そんな大げさな……」

ここで先ほどの男が割って入った。

「いやいや、大げさではない！　通常ランブルボアはCランクの討伐対象モンスターだ。しかし、あれほどの大型ともなれば、おそらくはBランク相当となるだろう。それを君は一撃のもとに倒したのだ。それも六頭も。つまり君は少なくともBランク相当、いや、もしかしたらAランク相当の実力の持ち主ということになる。これは実に驚くべきことだ。君のような子供でAランク相当だなんて、少なくともわたしはいまだかつて聞いたことがない」

Aランク……よくわからないが、彼らにとっての強さの指標なのだろう。

それよりも、僕は彼らの服装の方に目を奪われていた。

僕が今、着ている服と同じようなデザインだ。

つまり、この服がスタンダードなのだ。しかも、剣で武装している。そんな国は、今の地球にはない。文化が確実に現在の地球と異なっている。やっぱり、ここは異世界なんだ。

僕は事故によって命を失い、あろうことか異世界に来てしまったんだ。

なんという……なんという面白い運命か！

よし、こうなったら存分に楽しんでやる。

現世で充分に楽しめなかった分、この異世界でめちゃめちゃ楽しんでやろう！

そのとき、少女のピアスが陽光に照らされ、キラリと光った。

僕はまぶしさに目を細めながら、ピアスを見た。

マシュマロのように柔《やわ》らかそうな耳たぶから金色の鎖がまっすぐ垂《た》れ下がり、その先に深紅に光り輝く宝石があった。

「あ、その赤い宝石……」

僕の言葉に、少女が自らのピアスを指で触る。

「これですか？　これはグランルビーです」

「グランルビー……おんなじやつかな？」

僕は、自らの胸元を開いて、以前作った首飾りを引っ張り出した。

小屋の中にあった金属片を叩《たた》いて薄く延ばして細く切り、枠を作る。そこに、近くの洞窟《どうくつ》で岩から切り出して磨《みが》いた石をはめ込んで紐《ひも》でぶら下げただけの簡単な代物《しろもの》だ。

ちなみに、最初はかなりぎこちない造りだったが、何度もやり直しているうちにレベルアップしたのか、これはかなり見栄《みば》えもいいと思う。

その中央で光り輝く宝石は、少女のピアスとまったく同じ真っ赤な色をしている。ただ、僕の方が遥《はる》かに大きくはあった。

少女と、彼女の周りの男たちは驚きの表情で、食い入るように僕の首飾りに見入っている。

「こ、これは……」

先ほどから僕と会話している男がつぶやいた。

「なんて大きなグランルビーだ。こんな大きなものなど見たことがない……」

少女も男に同意した。

「ええ。わたしもこれほどの大きなグランルビーは見たことがありません。ぶしつけな質問ですが、これはどうされたのですか？」

少女は真剣な眼差《まなざ》しで僕に問いかけてきた。

僕はそのあまりの真剣さに、少し気後れする。

「えっと……近くに洞窟《どうくつ》があって、そこで石を採掘して、これを作ったんです」

すると皆、より驚愕《きょうがく》の表情を見せた。

「な、なんだって!?　この先にグランルビーの鉱脈があるというのか!?」

どうやらこのグランルビーという宝石は、結構高価なものらしい。

全員、目の色が変わっている。

参ったな。でもこの人たち悪い人には見えないし……

「鉱脈というのかわかりませんが、この石が岩にたくさん埋《う》まっている場所があります……」

「たくさん……ど、どれくらいあるんだ？」

「えっと……壁にいっぱい。この大きさのものなら、ちょっと頑張《がんば》って掘れば千個くらいは採《と》れるかと」

これを聞いた皆が、目を丸くしている。

「な、な、なんと！　この大きさのグランルビーが千個だと!?　それは本当か!?」

「はい。本当です」

突然男たちが輪になってひそひそと話し合いを始める。

そして何やら結論が出たのか、最初に声をかけてきた男が僕に向かって突然言った。

「申し遅れた。わたしはこの一団の長《おさ》をしているギャレットと申す。まずは先ほど助けていただいたお礼を改めて申し上げたい」

名乗られたら名乗り返すのが礼儀だろう。

ギャレットというのはたぶんファーストネームだと思う。だったら、僕もファーストネームで返すとしよう。

僕は姿勢を正した。

「僕はカズマと言います。先ほどのことは本当にお気になさらず。困っていたら助けるのは当たり前ですから」

ギャレットは深々と首《こうべ》を垂《た》れた。

「ありがとう。ところで話は変わるが、今言っていた鉱脈に、我々を案内してはくれないだろうか。いや、もちろん発見者は貴殿だ。貴殿が所有権を主張するのは当然だ。だがよければ、我々にもその……」

ギャレットは言いにくそうに言葉を切る。

僕は宝石を独占しようとは思っていない。

それに、この人たちが悪党という感じもしない。

僕は彼らを信じることにした。

「いいですよ。好きに採掘してください。僕は別にこれ以上いらないので」

「ほ、本当か!? それは助かる！　重ね重ね恩に着る！」

「いや別に、そんな恩に着なくてもいいですよ」

ギャレットはまたも深々と僕に対して一礼する。

「して、鉱脈はどこに？」

「この先です。この崖《がけ》を越えたすぐそこに洞窟《どうくつ》があるんです」

男たちは僕の背後にそびえ立つ崖《がけ》を見て、一歩後ずさりした。

「あ、いや、この崖《がけ》ではなく、どこかに道があるのだろう？　それを教えてくれないか？」

「いや、道とかはないですね」

「え？　ではどうやってそこへ？」

「ですので、この崖《がけ》を登って……」

男たちは崖《がけ》を見上げて、口をあんぐりと開けた。

「い、いやこの崖《がけ》は……我らには登れないが」

「ああ、そうか。確かに急角度ですもんね」

「君は登れるのか？」

「そうですね。さっき反対側の崖《がけ》ですけど登れたので、こちらも登れると思います。角度もおんなじくらいだし」

「そ、そうか……他に道はないんだね？」

「はい。この先は周りを完全に崖《がけ》に囲まれた窪地《くぼち》なので……。窪地《くぼち》の真ん中を流れる小川をたどると洞窟《どうくつ》の中に行きつきます。おそらく小川は洞窟《どうくつ》の奥にある結構大きな湖に流れ込んでいるんですけど、その先がどうなっているか、真っ暗でよくわからないんです。もしかしたら、湖の向こうへ行けば別のところに出るのかもしれませんが、他の入口はまだ見つけていません」

「そうか……では、洞窟《どうくつ》のある窪地《くぼち》に入るには、今のところこの崖《がけ》を登るしか手はないというわけか」

「そういうことになりますね」

するとと、男たちはまたもや崖《がけ》を見上げ、複雑な表情をして深いため息をついた。

結局、彼らは自力では崖《がけ》を登れないということで、最も傾斜の緩《ゆる》そうなところを、僕が一人ずつ背負って登ることになった。

最初の一人目のときはかなり苦労した。

途中であわや落としそうになったりしたものの、二人目三人目と回数を重ねるうちに、スキルがレベルアップしたのだろう、だんだん楽に登れるようになっていった。

三人の女性たちを背負うときは……そのう……色々と登りづらかった。

でも、なんとか登りきり、最後の十人目のときには、背負ったまま楽々と崖《がけ》を駆け登れるまでになった。

「……いや、凄《すご》い脚力と体力だな……」

ギャレットが僕の顔を見て、そう言った。

僕は照れくさくて頭をかいた。

「いやあ、大したことないですよ」

「そんなことはないと思うが……ところで、こちらの崖《がけ》を下りるのも、我々単独では無理そうなのだが……」

「はい、僕が担《かつ》いで下りますので安心してください」

「あ、ああ。よろしく頼む」

僕は特に疲れも感じなかったため、さっさと済ませてしまおうと一人目を担《かつ》いだ。

そして、次々と担《かつ》いでは崖《がけ》を駆け下り、また登るを繰り返し、十人全員を無事窪地《くぼち》へ運ぶことに成功した。

「凄《すご》いな……完全に陸の孤島だ」

ギャレットが周囲を取り囲む崖《がけ》を見て、感嘆の声を上げた。

「誰も洞窟《どうくつ》を発見できないのも当然だな。そもそも、この崖《がけ》の周囲の森も恐るべきモンスターが生息する危険地帯だしな」

「そうなんですか？」

「知らないのか？　この周囲数十キロは大変な危険地帯で、君が倒したランブルボアのようなCランクモンスターはもちろん、その上のBランクのモンスターもうじゃうじゃと出るようなところなのだ。しかもだ、稀《まれ》にではあるが、Aランクのモンスターも出るという、普通なら誰も立ち入らぬ恐るべきところなのだぞ」

「……そうなんですか」

距離の単位が地球と同じに聞こえたが、わかりやすいので、そういうものとして受け入れることにしておこう。

「君はこんな危険なところになぜいるのだ？」

急に問われて僕は答えに詰まった。

「ええと……そのう……なんでって言われても……」

だがそこで、彼らこそなぜこのようなところにいるのかという疑問が浮かんだ。

「そうだ。僕のことより、あなた方こそなぜこんなところにいたのですか？　この近辺にはランブルボアより強いモンスターが山ほど出るんでしょ？　だとしたら、とても危険じゃないですか。僕にはランブルボアは大した相手ではないですけど、あなた方にとってはそうではないですよね？なのに、なぜあなた方はこんな危険なところに来たんですか？」

僕は逆に彼らに対して質問した。

するとギャレット以下、皆が答えに窮《きゅう》してうろたえた。

「い、いや……それはその……色々とあってだなあ……そう、迷い込んでしまったのだよ」

「迷い込んだ？　本当ですか？　だってさっきあなたは、この周囲数十キロにわたって危険地帯だって言いましたよね？　だったらいくらなんでも迷い込みすぎじゃないですか？　数十キロですよ？　ちょっと迷い込んだって距離じゃないと思いますけど……」

僕の追及に、ギャレットが口ごもった。

「い、いや……その、次から次へとモンスターに襲われて、あれよあれよという間に奥へ奥へと追い込まれてしまってだな……」

明らかに苦し紛《まぎ》れの言い訳だ。

おかしい。何かを隠している。

そこへ先ほどの少女が、他の二人の女性を従えるように、ギャレットたちを押しのけ、僕の前まで進み出てきた。

ギャレットが慌《あわ》てて少女に声をかけようとするが、彼女は厳しい視線を送って逆に制した。

そして少女は僕に向き直ると軽く一礼し、静かに口を開いた。

「わたしたちは今、ある者たちに追われているのです」

ああ、なるほど。

「そうだったんですか。それで、危険地帯に逃げ込んだと」

「はい。ここならばかなり危険はありますが、敵の目を逃れることができます。この周囲一帯はあまりにも危険すぎてほとんど探索されておりません。ですので地図もないのです。逃げ込むにはうってつけだったのです」

「でも、相当に危険ですよね？　追っ手はそれ以上に危険、ということですか？」

少女はこくりとうなずいた。

「ええ。敵は恐るべき相手です。この大変な危険地帯と秤《はかり》にかけて、それでもなお飛び込む決意をしたほどなのです」

「その恐るべき敵っていうのは……」

僕の問いに、少女は意を決したような表情を浮かべて言った。

「ベルガン帝国です」

ベルガン帝国！　……………………って何？

僕はこの世界のことをほとんど知らない。だから、たぶん驚くべき相手なんだろうと思いつつも、まったく驚けずに軽く首を傾《かし》げてしまう。

「ええと……そのベルガン帝国っていうのは……？」

僕はおそるおそる聞いてみた。

すると皆、可哀《かわい》そうなものを見るような目を僕に向ける。

「あの、まさかベルガン帝国をご存じないわけじゃ……」

どうしよう。正直に、自分はたぶん異世界人なんですとでも告白するか？

いや、だけどそんなこと言っても誰も信じちゃくれないだろうし、そっちの方がよっぽど変な目で見られるんじゃないか？

うん。無理。正直になんて絶対無理。

なのでここは一つ……

「すみません。僕はこの狭《せま》い窪地《くぼち》の中しか知らないものですから……」

うん。これは事実。この世界では、僕はまだこの窪地《くぼち》しか知らない。だから一応嘘は言っていない。

彼女たちは僕の言葉を信じたようだ。

「ああ、そうだったんですね。この窪地《くぼち》の中だけで今まで生活を……それは大変だったでしょう？」

少女は僕を憐《あわ》れむような眼差《まなざ》しを見る。

「え、ええ。まあ」

変人に見られるよりも、可哀《かわい》そうな子の方がましだ。

「ところで、そのベルガン帝国っていうのは？」

僕が慌《あわ》てて話を元に戻すと、少女が眉根《まゆね》を寄せて暗い表情になった。

「……我がアルデバラン王国の仇敵《きゅうてき》……憎《にく》き侵略者です」

アルデバラン王国……我がってことは、ここはアルデバラン王国の領内で、この人たちはアルデバラン王国の民ってことかな？

そして、憎《にく》き侵略者ってことは……

「ベルガン帝国がアルデバラン王国に攻め込んできたってことですか？」

僕の問いに、少女が苦しそうにうなずいた。

「それで、あなた方は逃げてきたというわけですか？　つまりは避難民なんですね？」

「え、ええ……」

そうだったのか……それは大変だっただろう。元の世界でも戦争はあった。そして戦火を逃れた避難民たちは皆、大変な苦労をしていたと思う。僕はそれをテレビのニュースでしか見ていないけれど、ひどい話だなと思ったし、なんとか力になれないかって思っていた。

「それは大変でしたね……お気の毒です」

「い、いえ」

「皆さん、ご家族はご無事なんですか？」

少女が悲しそうに表情をくしゃっと崩した。

その様子を見て、僕は自分の言葉があまりに不用意だったことに気づいた。

何を言っているんだ僕は。戦火を逃れてきた避難民なんだから、ご家族が無事なわけないじゃないか。それなのに、なんてことを聞いてしまったんだ。

後悔先に立たずだ。

「ごめんなさい！　無神経なことを言ってしまって！」

僕は素直に腰を折って謝罪した。

すると少女は目に涙を溜《た》めながらも、決してこぼさず、にこりと笑った。

「いいえ。どうかお気になさらず」

僕はいたたまれなくなり、ギャレットに助けを求めた。

「あ、あの、あそこに小屋があるんです。で、その先に洞窟《どうくつ》が……」

「おお、その洞窟《どうくつ》というのは、グランルビーが採掘できるという洞窟《どうくつ》のことだね。早速案内してくれるか？」

ギャレットは僕の話に上手く乗ってくれた。

「はい！　どうぞこちらです」

僕は彼女の顔をまともに見ることができなくなり、くるっと背を向けた。

そして振り返ることなく、洞窟《どうくつ》に向かってさっさと歩いていく。


「ここです」

僕は彼らを洞窟《どうくつ》の目の前まで案内した。

「おお、ここにグランルビーの鉱床が？」

縦十メートル横幅わずか二メートルくらいの亀裂である洞窟《どうくつ》の入り口を見て、ギャレットが興奮気味に言った。

「はい、この中を一キロほど行った先にあります」

「一キロも？」

「はい。入り口は狭《せま》いですけど、中に入ると広くて長いです」

「そうか。では案内よろしく頼む」

「わかりました。じゃあ、皆さん僕の後についてきてください。先に話した通り、小川が流れていますから、足元に気をつけてくださいね」

僕は小屋から取ってきたたいまつに火をつけると、洞窟《どうくつ》の中に入っていく。

ギャレットたちもすぐに後に続いてきた。

足元を流れる小川を避けながらずんずんと進み、百メートルくらい進んだ。

すでに中はかなり広く、横幅は十メートルくらいになっていた。

だがそこで僕は、何かの気配を感じ取った。

「すみません。たいまつを代わりに持ってもらえますか？」

僕は振り向き、すぐ後ろにいたギャレットにたいまつを渡そうとした。

「ああ、構わないが、どうかしたか？」

ギャレットは当惑しながらもたいまつを受け取ってくれた。

僕は前に向き直り、背中の斧を引き抜いた。

「この先にモンスターがいます。頭を低くして見つからないようにしてください」

僕は彼らに注意すると、一歩足を踏み出した。

そこへ、僕のことを心配してギャレットが声をかけた。

「一人で大丈夫か？」

僕は軽く振り返る。

「大丈夫です。一人の方が慣れていますので」

「そうか。だが危ないと思ったら言ってくれ」

「はい。わかりました」

僕はそれだけ言うと、さらに一歩、また一歩と前に進んでいく。

やがて、曲がりくねった道の先から、オオトカゲに似たモンスターの姿が見えた。

「な、で、でかいぞ！」

ギャレットたちが驚きの声を上げた。

そうかなあ？　さっきのランブルボアくらいだと思うけど。

「ちょ、ちょっと待て！　あれは！　ドゥプロゲーターでは!?」

へえ、こいつドゥプロゲーターっていうのか。覚えておこう。

「ま、待て！　カズマ、危険だ！　そいつはBランクモンスターだぞ！」

ギャレットが叫《さけ》ぶ。

だが僕は構わずずんずんと突き進む。

すると、ドゥプロゲーターが突然身体を起こして二本足で立った。

身体を大きく見せて威嚇《いかく》しようって魂胆《こんたん》だ。

だけど大丈夫。

今まで何頭も退治してるし、何よりこいつの肉は美味《うま》いんだ。

僕は足を速めて、一気に距離を詰めた。

そして力強く跳《と》んで、頭上に斧を振り上げた。

ドゥプロゲーターは咆哮《ほうこう》を上げつつ、噛《か》みつこうと首を前に出す。

だけど、それじゃあ遅い！

僕は身体を軽くひねってドゥプロゲーターの攻撃を躱《かわ》すと、両手に握《にぎ》りしめた斧を力いっぱい振り下ろした。

バチンッという太いゴムが切れるような音を立てて、ドゥプロゲーターの首が吹き飛んだ。

次いでドズンッという地響き。

一瞬で首を失ったドゥプロゲーターは、あえなくも洞窟《どうくつ》の中にその巨体を横たえることとなった。

「な、なんと……」

ギャレットたちがびっくりしている。

「ドゥプロゲーターをいとも簡単に……」

なんか照れるな。

こいつはそんなに強いモンスターじゃないのに。

だが、ギャレットたちの称賛は止まらなかった。

「凄《すご》い！　凄《すご》すぎるぞ！　カズマ！」

「いや、本当に信じられない。こんな子供がドゥプロゲーターを軽く退治してしまうなんて……」

「なんていう跳躍力《ちょうりゃくりょく》だ。それに膂力《りょりょく》も。いや、それ以上に胆力がすさまじい」

僕は褒《ほ》められることにあまり慣れていないため、気恥ずかしくなった。

「いや、そんな……大したことじゃ……」

そう言うと、ギャレットが凄《すご》い勢いで迫ってきた。

「いやいやいや、大したことだぞ！　あのドゥプロゲーターを倒したんだからな。しかもまた一撃必殺だ。一瞬のうちにドゥプロゲーターの首を刎《は》ねるなど、とてつもないことなんだぞ！」

「そ、そうなんですか？」

「そうだとも。普通じゃ考えられんことだ。それなのに、君はいともたやすく……」

「いや、でも、僕にとっては日常的なことで……」

ギャレットが唸った。

「ううむ、確かに……君にとっては、この恐るべき窪地《くぼち》こそが日常というわけか……」

「はあ……まあ、そうなりますかね」

僕は適当に答え、さっさと先に進むことにした。

その後も様々なモンスターが行く手を塞《ふさ》ぐも、僕が次々と葬《ほうむ》っていき、しばらくしてグランルビーの鉱床へとたどり着いた。

「こ、ここか！　凄《すご》い……一面にグランルビーが埋《う》まっているぞ」

ギャレットたちは、壁一面に赤く輝くグランルビーを見て、興奮していた。

「本当にこれを採《と》ってもいいのか」

ギャレットが改めて念を押す。

僕はうなずいた。

「ええ、構いません。どうぞ、お好きなだけ」

「かたじけない。恩に着るぞ！」

ギャレットはそう言うと、皆に合図を送った。

そして、三人の女性たちを除いた男七人での採掘作業が始まった。

だが、どうも上手くいかないようだ。

「あのう、よろしければお手伝いしましょうか？」

僕が申し出ると、ギャレットがすまなそうな顔をする。

「助かる。頼めるか？」

僕はすかさずうなずいた。

「ええ。任せてください」

僕は張り切って岩に斧の柄《え》を打ちつけた。

すると、岩がボロボロ崩れ、塊《かたまり》が地面に落ちていく。

その中に、大ぶりなグランルビーの原石があった。

僕はそれを手に取り、ギャレットに手渡す。

「どうぞ」

ギャレットは結晶を受け取り、物凄《ものすご》く喜んだ。

「すばらしい。あとは表面を削《けず》ればいいのだな？」

「ええ。それから、好きに加工するといいです」

「承知した」

僕はさらに岩にガンガン斧を振るった。

グランルビーの原石を含んだ岩が、面白いように落ちていく。

それをギャレットたちが拾い集め、細かく削《けず》って原石を取り出していった。

そうして一時間ほどを使って、グランルビーを無事採掘した。


僕らはたんまりとグランルビーを手に入れて、小屋へ戻ってきた。

「いや、凄《すご》い。どれだけの価値になるのか見当もつかん」

ギャレットが山積みのグランルビーの原石を眺めて感嘆の声を上げた。

皆が喜んでいるようなので、僕も嬉しかった。

すると、少女がしずしずと僕の前に進み出た。

そして軽く一礼すると、言った。

「本当に、これほどたくさんのグランルビーをいただいてもよろしいのですか？」

僕はにこりと微笑《ほほえ》んだ。

「もちろん。好きなだけ持っていってください。ここは誰の所有地でもないようですので、構わないと思います」

少女も微笑《ほほえ》んだ。

「ありがとうございます。ところで、カズマさんは外の世界に興味はございませんか？」

少女の突然の問いに、僕は少しだけ考えた。

「ええと……そうですね。興味はありますかね……」

僕のあまり積極的ではない答えを聞いた少女が、それでも弾けるような笑みを見せた。

「そうですか！　興味がありますか！」

少女が目を輝かせて僕を見つめる。

僕は少し照れて、はにかんでしまった。

「え、ええ……まあ……」

少女は突然僕の手を取り、両手で握《にぎ》りしめた。

僕は女の子に手を握《にぎ》られたことなどないため、ドギマギした。

だが、少女は僕のそんな内心など知る由《よし》もなく、言う。

「でしたら、わたしたちと行動をともにしてくださいませんか！」

驚いた。だけど、ギャレットたちは僕以上にびっくりしている。

彼らは急に隣の者たちと話しはじめた。

中でもギャレットは慌《あわ》てた様子で、少女に声をかけた。

「でん……いや、彼に同行してもらうと？」

『でん』？　なんだろう。彼女の名前かな？　そういえば、彼女の名前を聞いてなかったな。

しかし、僕のそんな小さな疑問はすぐにかき消された。

少女が落ち着いた様子で、ギャレットに答えたからだ。

「ギャレットも、カズマさんの力はよくわかっているはず。彼に同行していただければ、こんなに心強いことはありません」

「それは確かに……」

すると、ギャレットは僕に向き直った。今までで一番、真剣な眼差《まなざ》しだった。

「先ほど申した通り、我らは追われている。それゆえ、君のような強き者が同行してくれるとありがたい。どうだろうか？」

改めてギャレットが言うと、周りの男たちも今までの動揺《どうよう》が嘘のように、熱心に僕を見つめる。

どうしよう。

彼らは追われているという。侵略されている国家の難民だからだ。

可哀《かわい》そうだ。正直にそう思う。

なら、僕のなすべきことは一つなんじゃないだろうか。

僕はどうやら、この世界では相当強いらしい。

あっちの世界じゃ普通だったのに。いや、ちょっと弱い方かな？

なんにせよ、こんな風に僕の力を必要とされたことなんてない。

僕自身をこんなに誇らしいと思ったこともない。

だったら、答えは決まっている。

「わかりました。同行します」

僕ははっきりと意志を込めて返事をする。

それを聞いた皆から、興奮と安堵《あんど》のこもった歓声が上がった。

ギャレットが僕の手を取る。

「ありがとう！　君が来てくれれば百人力だ。よろしく頼む！」

少女も満面の笑みを浮かべて喜んでいる。

うん。これでいい。

ここでのスローライフは楽しかったけど、そろそろ飽《あ》きてきたし、ここらが頃合いだろう。

僕はここでの暮らしを一つひとつ思い起こしながら、これから先の冒険を楽しみに思った。


僕はこれまでに狩ったモンスターの毛皮をなめして大量に袋を作り、その中に採掘したグランルビーを入れることにした。

その量はかなりのものであり、とてもではないがギャレットたちがこれを持って崖《がけ》を越えるのは不可能に思えた。

「これを担《かつ》いで崖《がけ》を登るのは無理ですよね？」

僕が心配して尋《たず》ねると、ギャレットは不安げに崖《がけ》を見上げた。

「いやあ……そうだな。さすがにそれは無理かな」

他の者たちもかなり不安そうだ。

「ちなみに、荷物なしなら登れそうですか？」

僕の問いに、ギャレットは厳しい顔をする。

「いやあ……ここへ来るときも、君に背負ってもらったくらいだからなあ……」

やっぱりそうだよね。

うん。ここは、僕が一肌脱《ひとはだ》ごう。

「わかりました。袋も皆さんも僕が全部運びますから、安心してください」

ギャレットは僕の申し出に当惑している。

「いや、いくらなんでもそんなことは無理だろう」

僕はくすっと笑った。

「いや、大丈夫だと思いますよ。心配ないです」

「しかしだな、一体何往復になることか……」

僕はグランルビーを詰めてパンパンになっている大きな袋の数を数えた。

ちょうど十袋あった。

「皆さんは一回に一人しか運べませんけど、袋はいっぺんに二つずつは運べると思いますので、合計十四往復と片道一回ですかね」

皆が一斉に驚きの声を上げた。

「じゅ、十四往復～？　この崖《がけ》を大荷物を担《かつ》いで十四往復もするつもりかね？　そんな無茶な」

だが僕の感覚だと、大したことはない。そもそも、さっきも十人運んでいるわけだし。

それに、たぶんまた運んでいるうちに、どんどんレベルアップすると思うし。

「大丈夫ですよ。体力はあり余ってますから」

「いや、しかしだな……いくらなんでも、崖《がけ》を十四往復なんて……」

「大丈夫ですって。別に無理してませんから。それに、ここへ来るときだって、皆さんを担《かつ》いで往復したわけですし、それが五回増えるだけですよ」

「それはそうだが……わたしにはここへ来るときに登った崖《がけ》よりも、切り立っているように見えるのだが……」

僕は改めて崖《がけ》を眺めた。

「そうですね。確かにこちら側からの方が険しいですかね。でもまあ、大した差じゃないですよ」

「そ、そうなのか？」

「ええ。ほとんど同じようなものです」

僕があっさり言うと、ギャレットは観念したようだ。

そもそも聞いてはみたけど、彼らではこの険しい崖《がけ》を登れないだろう。

僕みたいにどんどんレベルアップできれば別だけど。

そういったわけで、僕が皆とグランルビーの入った袋を担《かつ》いで登ることになった。

そんなこんなで、僕は崖《がけ》を十四往復して、ギャレットたちとグランルビーの入った袋を、崖《がけ》を越えた反対側へと無事に運び終えた。

「いやあ、お見事！　君の体力や脚力は実に驚嘆《きょうたん》すべきものだな」

ギャレットが僕の苦労をねぎらってくれた。

僕は少し照れながら答えた。

「いえ、これくらいは大したことないですよ」

「いやいや、謙遜《けんそん》しなくていい。あの崖《がけ》を我らを担《かつ》いで十四往復も……とてつもないことだと思うぞ」

すると、他の皆も口々に僕を褒《ほ》め称《たた》えてくれた。

僕はかなり照れてしまい、顔を赤くしたと思う。

だがもう終わったことだ。次へ進もう。

「じゃあ皆さん、出発しませんか」

僕の提案に全員がうなずいた。

皆を代表してギャレットが言う。

「うむ。そうだな。まずは西へ向かうとしよう」

うん？　西だって？

崖《がけ》の上にいるときに、太陽の位置から西と思われる方角も見たけど、一番森が深そうなところだったぞ。

なぜそんな方向に？　疑問に思った僕は、ギャレットに問いかけた。

「西ですか？　さっき崖《がけ》の上からこのあたり一面を見ましたけど、西の方角はずっと深い森が続いていましたよ」

ギャレットは真剣な表情でうなずいた。

「うむ。西が最も森が深い。それゆえ我らには都合がいい」

「あ、そうか。なんとかっていう帝国に追われているからですか」

ギャレットが軽く咳払《せきばら》いした。

「ベルガン帝国だな」

「ああ、それです。ベルガン帝国。そこから逃げるために深い森の中を行くわけですか」

「うむ。森に巣くうモンスターたちも恐ろしいが、それ以上にベルガン帝国に捕まるわけにはいかんのでな」

なるほど。追われているんだったらそれしかないか。

「わかりました。じゃあ、早速出発しましょう」

「そうしよう。では各自袋を一つ担《かつ》いでくれ。でん……いや、女性たちは持たなくてよい。他の力のある者らで手分けして持ってくれ」

まただ。また『でん』って言った。あの少女に向かってだよな。

やっぱり彼女の名前なのかな。聞いてみよう。

「あの、すみません」

僕は少女の前に進み出た。

だけど、彼女の目は透《す》き通っていて煌《きら》めいて、なんか見た途端に恥ずかしくなった。

少女が軽く首を傾《かし》げて、怪訝《けげん》そうな表情を浮かべた。

僕は勇気を出して、思い切って言ってみた。

「あの！　お名前を聞いてなかったと思いまして……」

少女の顔が急にパーッと華やいだ。

「そうでしたね。申し遅れました。わたしはアリアスと申します」

そう言ったアリアスは、深々とお辞儀《じぎ》した。

あれ？『でん』じゃないぞ。

それに、アリアスと名乗ったとき、皆が少し引きつった顔をしたような……

「あ、そうですか。アリアス……僕はカズマです」

僕が名乗ると、アリアスの笑顔が弾けた。

「ええ、知っていますわ」

アリアスはケラケラと楽しそうに笑う。

「あ、そうですよね、前に言いましたね……あは」

僕は軽く頭をかいて、恥ずかしさを誤魔化《ごまか》した。

そこへ、ギャレットが再び咳払《せきばら》いをした。

「えー、ではそろそろ出発するとしようか」

皆が一斉に袋を担《かつ》ぎ上げる。

こうして僕らは、遥《はる》か彼方《かなた》まで生い茂る深き森の中へと、旅立った。

☆

「カズマ、大丈夫か？」

先頭を行く僕に、ギャレットが心配そうに尋《たず》ねた。

僕ら一行が窪地《くぼち》を出発して、三時間余りが経っている。

その間、僕は一行の先頭で、鬱蒼《うっそう》とした木々の中を歩きつつ、モンスターが出れば退治していた。

だから、僕の疲労を気遣ってくれたのだろう。

しかし、僕の体力や気力は、今なお充分に漲《みなぎ》っていた。

「大丈夫ですよ。まったく問題ありません」

「そ、そうか。だがもうすでに君はモンスターを三十頭は倒している。もし大変そうだったら、先頭を替わるが……」

「大丈夫ですって。相手はほとんどCランクのモンスターばかりだったじゃないですか。たまにBランクもいたけど」

「い、いや、Cランクのモンスターは普通複数人で倒すものなんだが……Bランクに至っては……いや、もう何も言うまい。とにかく疲れたら言ってくれ。いつでも先頭を替わるから」

「はい。ありがとうございます」

僕はそう答えると、再び目の前に立ち塞《ふさ》がる木々を避けながら歩いていく。

しばらくして突然、前方が開けた。

立ち並ぶ木々が消え、見上げれば大きく空が見える。

僕は驚いた。

それもそのはず。僕が確認したところでは、西の方角は広葉樹が隙間《すきま》なく生い茂り、とてもではないが、たかが三時間歩いたくらいでは抜け出せそうになかったからだ。

だがよく見ると、十メートルほど先は再び森が生い茂っている。

「ここだけ、なぜか木が生えてないのか……」

さらによく観察してみれば、木々がなぎ倒されていた。

「ちょっと待ってくれ……これはもしかしたら……」

後ろにいるギャレットが、突然僕の肩を掴《つか》み緊張した面持ちで言う。

「巨人族の通り道かもしれないぞ……」

「巨人族の通り道？」

驚いた僕は、思わずオウム返しをしてしまった。

ギャレットは額に大粒の汗を浮かべ、青ざめている。

「うむ。巨人族はその巨体ゆえ、大木をも軽くなぎ倒すと聞く。また、その通った後はどれだけ鬱《うっ》蒼《そう》とした森であっても、空が大きく見えるようになると言う。この空間は、まさにそれなのではないか？」

確かに、そう言われれば、そんな気がしてくる。

「巨人族……」

僕がつぶやいた途端、恐ろしいほどの地響きがした。

「ま、まさか！」

ギャレットが叫《さけ》ぶ。

他の皆も、悲鳴は出さないまでも怯《おび》えた表情だった。

地響きは一定のリズムを刻んで右方向から徐々に強くなっている。

やがて、そちらから、何かが顔を出した。

それは紛《まぎ》れもなく巨人であった。

身長は優《ゆう》に十メートルを超えているだろう。

太い腕に太い足。首や胴回りの太さも驚くほどだった。

「……さ、最悪だ……やはりここは、巨人族の通り道であったか……」

ギャレットが声を肺腑《はいふ》から絞《しぼ》り出すようにして言った。

一方、僕は不思議と落ち着いていた。

これまでの度重《たびかさ》なる戦いにより、気持ちの面でも鍛《きた》えられていたからだろう。

だから、つい言ってしまった。

「名前から想像していたものよりも、ずんぐりむっくりしているな」

ギャレットがギョッとした顔をする。

「そんなことを言っている場合か！　巨人族はこれまでのモンスターとは違って、Aランクだ！

逃げるぞ！」

ギャレットの声を聞きながらも、僕と巨人の視線はしっかり合っていた。

巨人の顔が獲物を見つけた狩人のように、にやっと笑う。

僕は、これまでのモンスターとは一味《ひとあじ》も二味《ふたあじ》も違いそうな相手に、武者震いをした。

でも大丈夫。僕は強くなっている。それも相当に。

確かに相手は巨大だけど、戦う術《すべ》はきっとある。

僕は斧を握《にぎ》りしめると、一歩前へと足を踏み出した。

だがそんな僕の肩を、ギャレットが力強く掴《つか》んだ。

「待て！　相手は巨人族だ。勝てる相手じゃない！」

「大丈夫です」

「大丈夫なわけがない。いくら君でも巨人族が相手では勝ち目はない」

「でも、すでにやつは僕らに狙いを定めています」

巨人は僕を睥睨《へいげい》しつつ、地響きとともに近づいてきている。

「そ、それはそうかもしれないが……散開すれば逃げられる」

「そうすると、他のモンスターに襲われて、各個撃破されてしまいますよ」

「ぐ……それもそうかもしれないが……」

「そういうわけで、僕が戦います。皆さんは固まって、どこかやつの視線の届かない場所へ逃れてください」

僕はそう言うと、皆に被害が及ばないよう、巨人に向かって突進する。

ギャレットはまだ何かを叫《さけ》んでいるようだが、もう聞こえない。
巨人がいやらしく口の端を上げた。
なんか気持ちが悪いな、こいつ。
と、ここで巨人が歩く速度を緩《ゆる》めた。
僕の突進を受け止めるつもりか。
だろうね。なんといっても体格差がある。
僕が身体ごとぶつかったところで、痛みなど感じないはずだ。
でも——
僕はさらに加速して、巨人の足元へ迫った。
右手に持った斧は、地面と水平に構える。
そこで、巨人が左足を上げた。
どうやら、突進してきた僕を踏み潰《つぶ》す気だ。
そうはさせるか！
僕は巨人にぎりぎりまで近づくと、右足で力強く大地を踏みしめ、左の方向へ跳《と》んだ。
先ほどまで僕がいた場所に、巨人の巨大な左足が振り下ろされる。
ドズンッと大地が揺れる。

巨人の右足へとたどり着いた僕は、裂帛《れっぱく》の気合とともに、水平に構えた斧を横にないだ。

「食らえっ！」

斧は見事な斬れ味で巨人の足を斬り裂き、緑色の鮮血《せんけつ》を噴き出させた。

「グオッ！」

巨人がうめき声を上げる。

だが傷は浅い。

巨人があまりにも大きすぎるのだ。

その大きさは桁外《けたはず》れで、斬りつけた巨人の足は直径にして二メートルはありそうだった。

だから、今の攻撃は、外皮に軽く傷をつけた程度でしかなかった。

やっぱり一撃で倒せる相手じゃない。

そんな巨人もただ黙っているわけがない。巨体に似合わぬ俊敏《しゅんびん》な動きで身体をねじり、振り上げた右手を振り下ろしてきた。

巨大な握《にぎ》りこぶしが僕の頭上に迫る！

僕は右足で地面を強く蹴り、前方へと跳《と》んだ。

背後で轟音《ごうおん》が鳴り響く。

振り返ると、大地には巨大な拳の痕《あと》が残されていた。

僕は体勢を整えてから、一旦巨人と距離を取った。

巨体の割になんて素早さだ。膂力《りょりょく》に関しては改めて言うまでもない。

これは、じっくり持久戦に持ち込むしかないぞ。

そうすればきっと、どんどん僕のレベルが上がっていくはずだ。

僕はそれから、ひたすらヒットアンドアウェイを繰り返した。

巨人の隙《すき》を見つけては足元に素早い動きで入り込み、斧で足を斬りつけるや、すぐさま退避して距離を取るの繰り返しである。

それを、十数度。

だんだんと巨人の傷は深くなっていった。

肉を斬り裂き、抉《えぐ》り取る。

ついには、先ほどの一撃で白いものが見えた。

巨人の足の骨がむき出しになったのだろう。

同じ箇所を斬りつけているのもあるが、これほどの傷を与えられるようになったのは、やはりレベルアップして、スキルやステータスが上がっているからだと思う。

明らかに敵の動きも遅くなった。

いや、違う。

僕の俊敏《しゅんびん》さがアップしたんだ。

よし、いけるぞ。勝てる！

僕はすでに息が荒い巨人の隙《すき》をついて足元へ迫ると、水平に構えた斧を力いっぱいに振った。

すると、よほど巨人の足の骨は硬かったらしく、金属同士が衝突したときのような音が響いた。

「グォオオオー！」

続いて、耳をつんざくような巨人の叫《さけ》び声が轟《とどろ》く。

まだだ。まだやつは地面に立っている。

もう一度だ。

僕はここが勝負どころと距離を取ることはせず、巨人に連続攻撃を食らわせることにした。

「これでどうだー！」

僕の渾身《こんしん》の横殴《よこなぐ》りの一撃が、巨人の白くむき出た骨に襲いかかる。

次の瞬間、すさまじい衝突音とともに、巨人の足が見事に両断された。

「よしっ！」

思わず叫《さけ》んだ僕だが、素早く退避した。

それというのも、足を斬られた巨人が、足一本ではその巨体を支えきれなくて、倒れてきたからだ。

「おわっと！」

僕が地面にスライディングするように伏せるのと、巨人が地面に倒れたのはほぼ同時であった。

「グ……オオオォォォォー……」

巨人はうつぶせに倒れ、うめき声を上げる。

僕はすっくと立ち上がると、ゆっくりと巨人に近づいた。

そして、倒れ伏す巨人の顔の前に着くと、視線を合わせた。

「今、楽にしてあげるよ」

僕は地面を強く蹴って、上空へと跳《と》び上がった。

かなりレベルアップしているようだ。高さ四、五メートルは跳《と》んでいるだろう。

やがて重力に従って降下していく僕は、両手に持った斧を強く握《にぎ》りしめ——巨人の喉元《のどもと》めがけて勢いよく振り下ろした。


「ふう〜〜〜〜〜〜」

僕は戦いを終えて、肺腑《はいふ》から全ての空気を出すかのように深く息を吐《は》いた。

額に噴き出した汗を左手で拭《ぬぐ》う。

「いや〜、手ごわかった〜」

恐ろしいくらいの巨体による圧倒的な膂力《りょりょく》。しかも巨体にそぐわない俊敏《しゅんびん》さ。そんな敵を僕はなんとか仕留めたものの、あれはかなり手こずったと言えるだろう。

僕はもう一度安堵《あんど》のため息をつくと、隠れていた森から出てきたギャレットたちを見る。

「大丈夫でしたか？　お怪我《けが》はありませんか？」

先頭のギャレットが呆然《ぼうぜん》とした様子で言う。

「い、いや、君こそ大丈夫なのか？　あれは……Aランクモンスター、巨人族のティータロスだぞ？」

Aランク？　そうか、これがAランクか。道理で強かったわけだ。

イノシシもどきのCランクモンスターであるランブルボアはもちろん、洞窟《どうくつ》に巣くうBランクモンスターのドゥプロゲーターとも格が一段も二段も違っていた。

「驚いた……あの巨人族のティータロスをこうも簡単に倒すとは……」

いや、簡単ではなかったですけど……

というか、かなり苦戦しましたけど……

あ、でも、レベルアップしているはずだから、次はたぶんもっと余裕で倒せるかもしれないけど……

僕がそんなことをつらつらと考えていたら、右手に持っていた斧の、木でできた柄《え》が突然ミシッと音を立てた。

「え？」

確認しようと斧を持ち上げたとき、その柄《え》がポキッと折れてしまった。

「あ……」

僕が折れた柄《え》の部分をじっと見ていたところ、アリアスがすっと近くに寄ってきた。

「折れてしまいましたね」

「この後どうしよう……」

すると、アリアスは振り返り、凛《りん》とした声音《こわね》で言う。

「予備の剣を持ってきていたはずです。それをカズマさんに。それと、確か防具の予備もあったのじゃないかしら。それも一緒に持ってきてください」

アリアスが言うや、一人の男が素早く僕の前に進み出てきた。

「どうぞ、こちらをお使いください」

男はそう言って、僕に新品の剣を一振り差し出した。

「あ、いいんですか？」

僕が傍《かたわ》らのアリアスに尋《たず》ねると、彼女はにこりと微笑《ほほえ》んだ。

「もちろんです。どうぞお使いになってください」

僕はアリアスにうなずき、剣を手に取った。

柄《つか》をぎゅっと力強く握《にぎ》りしめ、一気に鞘《さや》から抜き放つ。

ギラギラと照りつける太陽を反射して、ギラリと刀身が煌《きら》めいた。

「よく斬れそうです。ありがとうございます」

僕がお礼を言うと、アリアスがまたもにっこりと微笑《ほほえ》んだ。

「どういたしまして。カズマさんが提供してくれたグランルビーのお返しにもなりませんわ」

「あ、いえ、あれは別に僕のものじゃないですし……」

「いいえ、あの鉱床はとても普通ではたどり着けない場所にあり、独占しようと思えば簡単にできたはずです。ですが、カズマさんはそれをせず、わたしたちに快《こころよ》く提供してくださいました。改めてお礼を申し上げます」

アリアスは深々と頭を下げる。

彼女に続いてギャレット以下、皆が一斉に僕に対して頭を下げた。

「え、いや、そんな……全然そんなの気にしなくていいですよ。どうぞ、頭を上げてください」

アリアスは頭を上げて笑う。

僕がその笑顔を見てホッと胸を撫《な》で下ろしたところで、別の男たちが何やらいくつかの皮革製品を持ってきた。

「こちらをどうぞ」

それは、肘《ひじ》やら脛《すね》などに装着する革製の防具だった。

だが、僕は着け方がわからず大いに戸惑《とまど》った。

そこで、アリアスがニコニコと笑みを浮かべながら言う。

「着けて差し上げて」

すると、周りの男たちが一斉に防具を手に取り、僕の身体に装着してくれた。

装着してもらったのは、大きく丸い肩当て、短めのベストのような胸当て、それに肘《ひじ》から先の手の甲までを覆う肘当《ひじあ》て、それと膝《ひざ》から下を守るブーツの四点だ。

僕は生まれて初めて防具を装着したことで照れていると、さらにアリアスが言う。

「もしかすると動きづらいかもしれませんが、そのときはお任せします」

ああ、つまり邪魔なら取っていいってことか。でもたぶん大丈夫そうだ。どの防具もとても軽いし、関節部分は可動域が広く、動くのにまったく邪魔になっていない。

「これなら問題ないと思います。ありがとうございます」

「とんでもない。こんなものしかご用意できなくて心苦しいくらいなのに」

「いえ、凄《すご》くいい感じです」

僕は肘《ひじ》や肩といった関節を大きく動かしてみた。

うん、やっぱり邪魔じゃない。これはありがたいな。防御力はそれほどないかもしれないけど、いくらかは守れるだろう。

僕は満足してうなずいてから、皆に向かって言った。

「じゃあ、出発しましょう」

そうして僕ら一行は、再び深い森の中を突き進むことになる。

☆

巨人族のティータロスを倒してから三日が経った。僕ら一行は鬱蒼《うっそう》とした広葉樹林の中を、日中はほぼ休憩《きゅうけい》を取ることのなくほぼ一直線に西へ向かい、途中で遭遇《そうぐう》した様々なモンスターたちを屠《ほふ》ってきた。

ただ、ティータロスの後はAランクモンスターが現れることはなく、B、Cランクのモンスターばかりだった。

だから、僕としてはあまりレベルが上がっている感触は得られなかった。

久しぶりに、ステータス画面でも見てみようかな。

僕がそう思った矢先、視界の先が少し明るくなった気がした。

僕は前方を凝視《ぎょうし》する。

「……う〜ん、どうやら先の方が明るいけど、また巨人族の通り道かな？」

僕がそうつぶやくと、すぐ後ろを歩くギャレットが厳しい表情でうなずいた。

「うむ。確かに明るいな。これだけ鬱蒼《うっそう》とした広葉樹林だ。木々があるならあんなに明るく太陽に照らされたりはしないはず」

「そうですね。警戒しましょう。皆さんは少し後ろに下がってください」

「わかった。だが無理はしないでくれよ。危ないと思ったら逃げよう」

僕は笑みを浮かべてうなずいた。

「ええ。わかりました。では、僕は先行します」

僕は、少し速度を速めた。

右手に持った剣で、背の高さ近くまで伸びたやっかいな草をなぎ払いながら、小走りで進む。

前方の明るさが増した。

この先には明らかに木々がない。

やはり、巨人族の通り道なのか？

緊張気味の僕は、前方を睨《にら》みつけた。

——突如として視界が開けた。

「……あ、森が……ない」

巨人族の通り道ではなかった。視線の先は、広々とした平原がどこまでも広がっており、吹き抜ける風が頬《ほお》を撫《な》でて心地よかった。

どうやら僕らは三日間の強行軍により、この恐るべきモンスターの巣くう森を、なんとか通り抜けたようだ。

少しして、ギャレットたちが追いついてきた。

「おお！　ついに森を抜けたか！」

皆も快哉《かいさい》を叫《さけ》ぶ。

アリアスも嬉しそうに、他の二人の女性たちと抱き合って喜んでいる。

よかった。

でも、これで彼らは安心なのだろうか。

すると、つい今まで喜んでいたギャレットが、急に引き締まった表情に変わった。

「皆、聞いてくれ。カズマのおかげで、最大の難所である森は抜けた。だがこれで安心できるわけではない。我らの道のりはまだ続くぞ」

皆も引き締まった表情になってうなずいた。

やっぱりそうなのか。森を抜けたからって安心ではないんだな。そうだよな。だって追っ手がかかっているって言っていたし。てことは、どこへ行ったら大丈夫になるんだろうか。

そんな疑問を抱いたとき、ギャレットがさらに言葉を重ねる。

「ひとまず近くの町や村を探そう。我々はほぼまっすぐ西に森を突き抜けたはず。ならば、近隣にいくつかの町があるはずだ」

そこで、地図を持った若い男が素早くギャレットの前に進み出た。

そしてさっと地図を広げる。

「おそらくですが、我々はこの地点に出たものと思われます。ですので――」

男はそう言うと、平原の遥《はる》か彼方《かなた》を指さした。

「こちらの方角に、マリーザという町があるはずです」

ギャレットは重々しくうなずいた。

「よし。ではマリーザを目指すとしよう。カズマ、いいか?」

僕に異存はない。

「はい。ではまた僕が先行しますので、皆さん後ろについてきてください」

「いや、いい加減先頭を替わろう。無論、後ろに下がったところで大して休めるというわけではないが、周囲に気を配らなくていいだけ、多少は気が休まるのではないか?」

僕は笑顔で首を横に振った。

「全然大丈夫ですよ。僕はまったく疲れていませんから」

「いや、しかしだな……」

「ギャレットさんも、他の皆さんも、三日間の強行軍で疲れてますよね？　目の下にクマができていますよ？」

ギャレットたちは互いに顔を見合わせた。

「いや、これくらい大したことはない。君の方がよほど疲れているはずだ」

「ですから、僕は大丈夫だって言っているじゃないですか。どうです？　疲れているように見えますか？」

たぶん……というか、絶対見えないと思う。だって、疲労感なんて微塵《みじん》もないし。

これもたぶん、色々とレベルアップしているからなんだろうな。

「まあ、確かに……疲れているようには見えないが……」

ギャレットが僕の言い分を渋々《しぶしぶ》認めた。

「ですよね？　だから僕が先行します。大丈夫ですよ。町に着いたらたっぷり休みますから」

僕がそう言うと、ギャレットが仕方なさそうに折れてくれた。

「わかった。また甘えることとしよう。頼んだぞ、カズマ」

「はい。では皆さん、町に向かって出発しましょう！」

僕は満面の笑みで、ギャレットに答えた。

そうして僕ら一行は、広大にして恐ろしい魔物の巣くう森をついに抜け出し、一路文明の香りがするであろうマリーザの町へと向かうのであった。

第二章　魔法？

「あれ、もしかして町じゃないですか？」

僕は遥《はる》か前方に建物らしきものを発見するや、後ろを向いて言った。

「町？　本当か？　どこだ？」

「ほら、あそこですよ。見えませんか？」

「……いや、見えないが……」

だが、ギャレットたちにはまだ何も見えていないようだ。

どうやら僕は視力もレベルアップしているらしい。

しばらくして、ギャレットたちも町を見つけると、喜びの声を上げた。

「ようやく町に到着したようだな。あれがマリーザの町で間違いないか？」

ギャレットが地図を持つ男に尋《たず》ねる。

「おそらくそうかと」

男はあたりの地形を確認しながら答えた。

「うむ。わかった」

ギャレットは短くそう言うと、羽織《はお》っているコートのフードを頭に被《かぶ》せた。

皆も同じくフードを被《かぶ》りはじめた。

僕はキョトンとして尋《たず》ねる。

「僕もフードを被《かぶ》った方がいいですか？」

一応僕もコートを羽織《はお》っているし、フードもついているけど……

すると、ギャレットが答えた。

「いや、カズマはいいだろう」

「僕だけいいんですか？」

ギャレットが少しだけ答えにくそうに口を開く。

「うむ、一応我らは追われる身なのでな。だがカズマは違うからな。フードを被《かぶ》る必要はない」

「ああ、そうでしたね。わかりました」

僕が納得すると、ちょうどお腹が鳴った。

森の中では倒したモンスターの肉を食べていたが、今日はだいぶ前に食べたきりだった。

僕は少しだけ恥ずかしかったが、告げる。

「お腹がすきました」

ギャレットは笑みを浮かべた。

「うむ。わたしもだ」

すると皆もそうだったようで、次々に同意の声が上がった。

ギャレットは笑顔のままうなずく。

「町に着いたらまず馬車を買おう。グランルビーの袋はその馬車に載せるとしよう。それと、我々は商人に偽装する。そのためにこの町の特産であるガジェル織物も購入して載せておく。馬車には女性たちも乗ってもらう。カズマも馬車がいいだろう。我々は馬だ。だから、馬車と並走するための馬も数頭買おう。その後にレストランで食事といこうではないか」

皆が快哉《かいさい》を上げた。

僕も同じく喜びの声を出す。

「僕、ちゃんとしたところで食事をするのは久しぶりです」

ギャレットが首を大きく縦に振る。

「そうか、あの窪地《くぼち》にずっと住んでいたんだものな。レストランで食事するのは初めて……うん？久しぶりと言ったか？　初めてではないのか？」

僕は自分の境遇を上手く説明できる自信がなかったため、なんとかはぐらかそうとした。

「あ、いや、その……初めてです……」

「お、そうか、やっぱり初めてなんだな？　そうだな、ちゃんとしたレストランの食事はいいぞ～」

「そ、そうですか。ハ、ハハハハ……」

僕はなんとか誤魔化《ごまか》せたことに冷や汗をかくと同時に、ギャレットに対して嘘をついてしまったことで罪悪感に苛《さいな》まれた。

だがやはり自分の境遇を伝えられる気がしないから、そのまま罪悪感を抱えながら歩くしかなかった。


「よし、これで準備は整った。食事にすることにしよう」

ギャレットは、町に入ってからはずっと小声で喋《しゃべ》っている。

僕らは無事マリーザの町で一台の馬車と六頭の馬を買い入れた。

準備ができて念願の食事だというのに、皆は浮かない顔だ。

町に入る前の興奮はどこへやら、今は目深《まぶか》にフードを被《かぶ》って人の目を気にしている。

やはり追っ手を心配しているのだろう。

それもそうか。じゃあ、僕もここはしゃがず、おとなしくしよう。

僕は皆と同じようにフードを被《かぶ》り、静かにギャレットの指示を待った。

「あそこにしよう。あの大きさなら我々の人数でもすぐに入れそうだ」
ギャレットが町の中心部にあるかなり大きなレストランを指さす。
それに対し、目深《まぶか》にフードを被《かぶ》った皆が暗い顔をしてうなずいた。
う～ん、ちょっと不気味《ぶきみ》なような……いや、かなり不気味《ぶきみ》かも。
これだとかえって目立つような気がする。
僕は振り返って町行く人々を見た。
案の定、彼らは、このフードを被《かぶ》った集団に注目している。
うん。やっぱり目立ってるね、これ。
だがギャレットは気にせず馬を引いてレストランへ向かい、皆もそれに付き従う。
……気づいてない。自分たちが目立っていることに。
どうしたものか。皆、スタスタ歩いてレストランへ向かっている。
呼び止めて注意をするべきか。
いや、それだともっと目立つ。
とりあえずレストランに入ろう。席に着いて落ち着いたら言おう。
皆でフードを被《かぶ》って声を潜《ひそ》めていたら悪目立ちするよって。
うん、そうしよう。

僕はそう決めると、頭に被《かぶ》っていたフードを脱ぎ、彼らの後を追いかけた。

僕らは十一人という大人数であったが、店がかなり大きかったため、ほとんど待たずに入ることができた。

馬車と馬は店の前に置かせてもらっている。

僕らは、道に面したテラス席に案内された。

僕はアリアスの向かいに、他の皆もそれぞれに着席し、メニューを広げたのだが……

やはりここでも目立っている……

皆はフードを被《かぶ》ったまま暗い顔でメニューを睨《にら》み、なおかつ無言であった。

いや、だから悪目立ちしてますって……

他のお客さんたちの視線が痛い……

僕は意を決して、皆に意見しようとした。

だがそのとき、突如地鳴りのような音が聞こえてきた。

僕も、ギャレットたちも、いや他の客たちも一斉に何事かと顔を上げる。

地鳴りの正体はすぐに判明した。

重そうな鎧を身に纏《まと》い馬に乗った、見るからに騎士の一団数十騎が、町にやってきたのだ。

彼らを避けようとする道行く人々から悲鳴が上がる。

だが騎士たちはお構いなしに駆け、町の中心部にたどり着くや一斉に馬を止めた。

砂煙《すなけむり》が高く舞い上がり、人々が息を潜《ひそ》めて見守る中、部隊長と思われる先頭の騎士が声高に叫《さけ》んだ。

「皆の者聞けっ！　お尋《たず》ね者の情報だ！　このビラに描かれた顔をとくと見よ！」

そして、他の騎士たちが一斉に大量のビラをばらまいている。

ビラが紙吹雪《かみふぶき》のように宙を舞う。

その内の数枚が店内にも入り込んできた。

僕は目の前に落ちてきた一枚を手に取った。

そこには、僕の目の前に座る可憐《かれん》な少女とまったく同じ顔が、描かれている。

「……これって……」

僕は顔を上げて、ビラの少女と瓜二つのアリアスに問いかける。

アリアスの顔は、真っ青だった。

「皆、ここが正念場ぞ。気を引き締めよ」

アリアスの左隣に座っていたギャレットが、声を潜《ひそ》めながらも鋭く言った。

店の外では騎士たちがビラをまきつつ、先頭の騎士が叫《さけ》んでいる。

「王女アリアスを見つけた者は、すぐさま我らに通報せよ！　さすれば恩賞は思いのままぞ！」

そのとき、ギャレットがすっと席を立った。

他の者たちも一斉に立ち上がる。

僕は手に持ったビラを慌《あわ》ててズボンのポケットに突っ込むと、立ち上がった。

ギャレットたちは無言で店の外に向かう。

だが、アリアスは二人の女性に手を引かれ店の奥へと向かっている。

僕はどちらに行こうか迷ったものの、青ざめた表情のアリアスが心配であったため、彼女たちの後を追うことにした。

ギャレットたちは、おそらく馬車と馬を店の裏手に回すつもりなのだろう。

それを承知で、女性たちは店の裏口に向かっているのだと、僕は考えた。

女性たちは初めて訪れたというのに、迷うことなく店の奥へと突き進む。

驚く店員たちを無視して、どんどん行く。

僕もその後をついていく。

料理を作るために忙しく動き回るシェフたちのいる厨房《ちゅうぼう》を抜け、女性たちは裏口から店を出た。

まだギャレットたちは来ていない。

僕は店の裏で落ち着きのない様子のアリアスに声をかけようか迷った。

でも、改めて聞くまでもない気がした。

どう考えても、あのビラに描かれていたのはアリアスだ。

絵もそっくりだし、なんといっても騎士が叫《さけ》んだ名前が一緒だ。

ああ、そうか。ギャレットがふと漏《も》らした『でん……』ていうのは、『殿下』のことか。

そして、アリアスが僕に名乗ったとき、他の者たちがピリついたのは、本名を口にしたからだ。

これまでのことが納得できた。

アリアスは、ベルガン帝国に攻め込まれたというアルデバラン王国の王女だったんだ。

だから追われているんだ。

つまりあの騎士団は、ベルガン帝国麾下《きか》の者たち。

ふう……やっとわかった。

うん。これでなんかスッキリしたな。

僕はそっと微笑《ほほえ》んだ。

すると、アリアスが僕を見て、少し驚いた表情をした。

僕は頭をポリポリとかいた。

そこへ、馬車と馬を引いたギャレットたちが到着する。

アリアスは僕に何か話したいようだったが、ここから逃れることが最優先なのはわかっているから、結局は黙って馬車に乗り込んだ。
アリアスが王女なら、おそらく侍女であろう二人の女性たちも乗る。
そして僕も乗り込むと、ゴトンという重い音を立てて馬車が動き出した。
ゴトン…………ゴトン…………ゴトン…………ゴトン……ゴトン。
速度が上がるにつれ、音の間隔が短くなっていく。
僕たちの乗る荷台そのものも、音を立てて揺れる。
ガタ…………ガタ…………ガタ…………ガタ……ガタ。
馬車の中では皆無言だった。
暗い顔でうつむいて座っている。
馬で並走する男たちも同じだ。
彼らはアリアスの護衛隊なのだろう。
この場をなんとか脱出できるよう願っているに違いない。
僕はそんな彼らを眺めながら、腰の剣をそっと撫《な》でた。
僕らは息を潜《ひそ》めて、町の中心を通る街道から一本外れた裏道を進んでいた。
誰も声を出す者はいない。

皆、静かにこの町をやり過ごせないものかと思っている。

だがそのとき、表街道に繋がる脇道から、馬に乗ったベルガン帝国の騎士が姿を現した。

まずい！

だが一騎だけか？

いや、後ろから次々に現れた。

現れた騎士は全部で六人。

数はこちらの方が多いが、声を上げられたら、表街道にいる騎士たちが殺到《さっとう》するだろう。

やはり、これはまずいと思う。

「おい、貴様らは何者だ？　ずいぶんと大人数のようだが？」

先頭にいた部隊長らしき騎士が、馬上からこちらに声をかけてきた。

ずいぶんと偉そうだ。我が物顔って感じだ。

「我らはオルダナ王国の商人でございます。ここマリーザの町での商《あきな》いを終え、これから国に帰ろうとしているところにございます」

ギャレットがゆったりとした歩調で馬を前に出し、僕らの先頭に出るや、落ち着いた口調で答えた。

「ふうん、商人か。その割にはずいぶんと大所帯ではないか。どこの商会なのだ？」

「はい。我らはバーン商会の者にございます」

「ほう、かの有名なバーン商会の者どもか。その名はベルガン帝国にも轟《とどろ》いておる。オルダナ一の大商会だそうだな。それゆえの大所帯というわけか？」

「ベルガン帝国の皆さま方にも我らの名を知っていただけているとは光栄にございます。こちらの馬上の方々は、今回特別にわたくしめが雇い入れた傭兵にございます」

「傭兵だと？」

「はい。オルダナからこちらに参ります途上、ベルガン帝国の皆さまがアルデバラン王国に攻め入ったという情報を得まして、戦乱の最中を参りますのは危険と判断して雇い入れました」

「なるほどな。では荷物はなんだ？　まさか、帰りだからといって空《から》というわけではあるまい？」

「はい。もちろんでございます。わたくしどもは商人でございますから、空《から》の馬車で帰ることなどあり得ません。少しでも利を得ませんと損でございますからな。おお、荷物をお尋《たず》ねでございましたな。この町の特産品でございますガジェル織物を買い入れております」

「ガジェル織物か……軽くて評判の品だな。どれ、見せてみよ」

ギャレットは振り返って言う。

「おい、お持ちせよ」

ギャレットの指示により、すぐ近くの者が馬から下りて馬車へ向かってきた。

すると、馬車の中にいた侍女の一人がすかさず織物を手に立ち上がり、男に手渡した。

受け取った男は、騎士のもとへうやうやしく歩いていくと、頭を深々と下げながら、織物を騎士に手渡した。

「ふむ、なかなかによい品のようだな。表面は滑《なめ》らかだし、なんといってもずいぶんと軽い。これで服を作れば、さぞ着心地のいいものとなりそうだ」

騎士が言うや、ギャレットが大きくうなずいた。

「これはこれは、お目が高い。実はこれは名高いガジェル織物の中でも最上級品にございます。よろしければどうぞ騎士様、お持ちください」

「ほう、いいのか？」

騎士がにやりと微笑《ほほえ》んだ。

「もちろんでございます」

ギャレットは振り返り、また指示を出した。

「おい、他の方々の分もお持ちいたせ」

先ほどの男が再びこちらへ来た。

そして、先ほどの侍女が荷物の中から織物を取り出し、残りの人数分を渡した。

その男は五人の騎士たちに一つずつ織物を渡していく。

「すまんな」

先ほどの騎士が偉そうに礼を言った。

だが、ギャレットは気にすることなく頭を下げる。

「いえいえ、とんでもございません。お勤めご苦労様でございます」

「うむ」

騎士は尊大にうなずくと、さらに言った。

「ところで、馬車の荷台には何人乗っておる？　見たところ三人か？」

「はい。わたくしの娘二人と、息子一人にございます」

ギャレットが答えた。

「そうか、お前の子供たちか」

「はい。まだまだ商売のことなど何もわかっておりませんが、経験を積ませるために連れております」

「そうか。他にはおらんのか？」

「もちろんでございます。騎士様に対して偽りを申したりはいたしません」

「わかった。確かに他にはおらぬようだ。行ってよし」

「ありがとうございます。それでは失礼させていただきます」

ギャレットは最後にもう一度深く頭を下げてから、皆に合図を送った。

ゆっくりと馬車が動き出す。

ゴトン……ゴトン……ゴトン……ゴトン……ゴトン……ゴトン。

車輪が石畳《いしだたみ》を叩《たた》く音が響く。

それに合わせて馬車が揺れる。

ガタ……ガタ……ガタ……ガタ……ガタ……ガタ。

騎馬隊の横を僕らは通り抜けようとした。

だがそのとき、先ほどの騎士が突然大きな声を張り上げた。

「待て！」

「どうかされましたでしょうか？」

ギャレットが応じる。

丁寧な口調で尋《たず》ねる彼に対し、騎士はにやりと口角を上げ、手のひらに乗せた織物をポンポンと軽く上下させた。

「この軽い織物を積んでいるにしては、ずいぶんと馬車の音が大きいのではないか？」

「いえいえ、そのようなことは……」

ギャレットは騎士に対して弁明する。

だがその額にはうっすらと汗がにじみ出ていた。

騎士は不敵な笑みを浮かべて、右足で馬の腹を叩《たた》き、ゆっくりと馬車の方へと進みはじめた。

他の騎士たちも続く。

ギャレットは慌《あわ》てて馬首をめぐらし、騎士の後を追った。

「騎士様、織物も積み重ねれば重くなります。音が大きいのはそのためにございます」

「普通の織物ならばそうであろう。しかし、このガジェル織物はあまりにも軽い。ならば、いくら積み重ねたとしても、大した重さにはならないはずだ」

確信しているらしき騎士は馬車に近づいてきた。

そして、馬上から僕たちのいる馬車の中を覗《のぞ》き込んだ。

僕らの後ろには、大きな袋がうずたかく積まれている。

その積み上がった袋の向こうには——

「大量に袋に詰めてあるものはなんだ？　正直に申せ」

「ですからガジェル織物にございます。大量に詰め込んでおりますので、通常より重くなっております」

ギャレットが必死に抗弁する。

他の五人の騎士たちも、馬車に近づいてきた。

リーダー格の騎士は鼻を鳴らし、斜め後方にいるギャレットに対して振り向きざまに言い放った。

「嘘だな。この馬車の沈み方、決して織物などではない」

騎士は勝ち誇っている。

そのとき、ギャレットの目が鋭く光った。と同時に、彼の右腕が素早く動く。

ギャレットは腰に差していた短剣を目にもとまらぬ速さで抜き放つと、リーダー格の騎士の喉元《のどもと》を一瞬でかき切った。

同時に、他の護衛隊員たちも申し合わせたかのように一斉に動いた。

皆、ギャレット同様素早く短剣を抜き、あっという間に五人の騎士たちの喉《のど》を斬り裂いた。

鮮血《せんけつ》が噴き出す喉《のど》を必死に押さえながら、身もだえる騎士たち。

だが、ギャレットたちは、そんな騎士たちの胸元に短剣を突き刺した。

騎士たちは、悲鳴を上げることもできずに、ドサッ、ドサッと馬上から次々に落下していく。

そして最後の六人目が地面に落ちて、絶命したのを確認すると、ギャレットが皆に向かって大きくうなずいた。

馬車が再び音を立てて走り出す。裏道での出来事だったため、誰にも見られていないし、人気《ひとけ》もない。

先ほどよりも大きな音を立てて、マリーザの町を疾走《しっそう》する。

一刻も早くこの場を離れなければ。
他のベルガン帝国の騎士たちがこの裏道に顔を出す前に。
あの六人の死体が発見される前に。
車輪が激しく石畳《いしだたみ》を叩《たた》く。
買ったばかりだというのに、馬車はもうギシギシと悲鳴を上げている。
荷物が重すぎて速度が上がらないようだ。
だが、荷物を捨てるわけにもいかない。
荷物の奥から、隠れていたアリアスが不安げに顔を覗《のぞ》かせた。
僕はアリアスに声をかけた。
「大丈夫。心配いらないですよ」
そう言ったものの、本心ではなかった。
正直言うと、心臓の鼓動が先ほどから異常なくらいに速くて強い。
僕は一度口の中に溜《た》まったつばをゴクンと大きく呑《の》み込むと、前方を見据える。
そして、先ほどの光景を思い出し、大きく息を吐《は》き出した。
人が人を殺す場面を初めて見た。
僕はこれまで、何頭ものモンスターを倒してきた。

その命も奪ってきた。
でも人間は……
そもそも、僕は日本にいた頃でさえ、人の死に触れたことがなかった。
死体を見たのもこれが初めてだった。
手が震えている。
いや、震えているのは全身だ。
歯を強く噛《か》みしめる。
そうしないと、ガチガチと音が鳴ってしまう。
僕は荒い息をつきながら、前方を睨《にら》みつけていた。
なんとも言えない身体の震えと戦いつつ。
すると突然、柔《やわ》らかいような、それでいて厳《おごそ》かなような声が聞こえてきた。
『気に病むことはない』
男か女か、老いているのか若いのか、まるで判別できない不思議な声質だった。
僕は驚き、バッと勢いよく横を見た。
その動きが急だったためか、そこにいた二人の侍女が驚いている。
違う。

僕は振り向いて、荷物の間から顔を覗《のぞ》かせているアリアスを見た。

アリアスもまた、驚いている。

彼女でもない。そもそも声が違う。

今の声は……一体誰なんだ？

僕がそう考えると、またも先ほどの声が頭の中から聞こえてきた。

『お前は超越者。気に病むことはないのだ』

何を言っているんだろう？

超越者？　それは、僕がこの異世界に転移したからだろうか。

次元とか時空とか、よくわからないけど、何かそういうものを超えてこの世界に来たから、超越者と言っているのだろうか？

だが声は答えない。

僕はわけもわからず、また周囲を見回した。

アリアスと侍女たちは驚いたままだ。

やっぱり彼女たちじゃない。かといって馬車を操《あやつ》っている護衛隊員でもない。

もちろん、馬に乗ったギャレットたちでもない。

誰なんだ？　本当にこの声は一体誰の声なんだ？

『いずれ我がもとへ……』

これを最後に、声は聞こえなくなった。

僕は呆気《あっけ》に取られてしまう。

「大丈夫ですか？」

そんな僕に、アリアスが心配そうに声をかけてきた。

僕は慌《あわ》てて手を振った。

「あ、ああ。大丈夫です。全然大丈夫。あはははは」

さっきの現象を説明できる自信がなかったため、笑って誤魔化《ごまか》すことにした。

アリアスたち三人は納得できなかったようで首を傾《かし》げているが、気にしない。

それよりもさっきの声だ。

あれはなんだ？

最後に『いずれ我がもとへ』って言っていた。

我がもと……もしかして、僕をこの世界に呼んだのは今の声の主なのじゃないだろうか？

たぶんそうだ。きっとそうだ。いや……おそらくそうなんじゃないかな。

う〜ん、もちろん確証がない。そもそも、なんで頭の中から声が聞こえてくるんだ？　あのステータス画面もそうだけど。

どうやって？　わからない。謎だ。

いや、それを言ったら、僕がこの異世界にいることそのものが大いなる謎だ。

なぜ僕はこの世界に？

ふ～、疑問が多すぎて、頭から湯気《ゆげ》が出そうだ。完全にキャパオーバーしている。

どうやらこれ以上考えたところで、答えは出そうにないらしい。

僕は仕方なく考えるのをやめ、目の前のことに集中する。

そのとき、先頭にいたはずのギャレットが、馬車の横にまで下がっていた。

「殿下！　このまま町を出ます！」

切迫した声だ。

「わかりました！　お願いします！」

アリアスが、同じく一刻を争うように答えた。

ギャレットは大きくうなずくと、速度を上げた。

相も変わらず馬車は大きな音を立てている。

だが、後方で騒ぎが起こることはなかった。

まだ死体は見つかっていないらしい。

ギャレットたちの手際《てぎわ》が見事だったおかげで、すぐに帝国軍に取り囲まれる危険はない。

でも、この先はどうか。

無事にマリーザの町を出ることはできるのだろうか。

やがて、前方に門が見えてきた。

町を出入りするための木造りの門だ。

あそこを抜ければ、とりあえず安心できるかもしれない。

——しかし、門の前には馬に乗った帝国軍の騎士が十数人がいた。やはり、簡単に町を出させてはくれないようだ。

ギャレットはどうするつもりなのだろう。

門の前で止まって先ほど同様に検問を受けるのか。

それとも強行突破か。

突如、後方で甲高《かんだか》い笛の音が鳴り響いた。

おそらく死体を発見した帝国軍の者が、警戒のために鳴らしたのだろう。

案の定、前方の門を守る帝国軍の騎士たちが一斉に身構えた。

ギャレットはどうするつもりなのか？

そのとき、ギャレットの馬の速度が上がった。

それに合わせて、周りの護衛隊員たちの馬も速度を上げる。

もちろん、僕らが乗った馬車の速度も。
強行突破だ。
それが、ギャレットの決断だった。
僕は思わず腰の剣の鞘《さや》をギュッと掴《つか》んだ。
そして息を大きく吸い込み、肺がいっぱいになったところで止めた。
門のそばにいる帝国軍が、僕らに向かって叫《さけ》ぶ。
「止まれ！」
だが、止まれと言われて止まる馬鹿はいない。
それどころか、ギャレットたちはさらに速度を上げた。
これを見て、帝国軍の騎馬部隊は完全に察知したようだ。
皆一斉に腰の剣を抜き放った。
同時に、門がギイッという音を立てて、ゆっくりと閉まっていく。
あれが完全に閉まる前に駆け抜けねば！
ギャレットも同じことを思ったのだろう、腰の剣を抜き放ち、叫《さけ》んだ。
「なんとしても門を抜けるぞ！　続け！」
護衛隊員たちも一斉に腰の剣を抜いた。

帝国軍の騎馬たちは、こちらに突進してきていた。

両者の距離が一気に狭《せば》まる。

ぶつかる！

先頭の護衛隊員の剣と帝国軍騎士の剣が激しく交差し、火花が散った。

次の瞬間、帝国騎士が馬から転げ落ちた。

さらに、後に続く護衛隊員たちも力強く剣を振るい、なんと帝国騎士十数人を次々に打ち倒していった。

強い！　皆めちゃくちゃ強いじゃないか。

僕は驚きとともに彼らの活躍を見守った。

「よし！　このまま駆け抜けるぞ！」

ギャレットが鼓舞《こぶ》する。

護衛隊員たちが大音声で応《こた》える。

そうして僕らは雪崩《なだれ》を打って門へ殺到《さっとう》し、町を抜け出すことに成功した。

☆

僕らはなんとかマリーザの町を脱出するも、このまま帝国軍が見逃してくれるはずはなかった。

しばらくすると、背後からたくさんの蹄《ひづめ》の音が束となり、轟音《ごうおん》となって鳴り響いてきた。

そうなれば、アリアスが荷物の隙間《すきま》に窮屈《きゅうくつ》そうに隠れている意味はないと思い、僕は彼女に前へ来るよう促した。

アリアスは緊張した面持《おもも》ちでうなずくと、僕が差し出した手を取って、前へ移動してきた。

馬車がガタガタと音を立てて激しく揺れる中、アリアスが無事馬車の前方に座ったのを確認した僕は、代わりに荷物をかき分け、最後尾を陣取った。

そして幌《ほろ》を少しだけ開いて、後方を覗《のぞ》く。

数十もの帝国軍の騎馬がすさまじい殺気を放って、僕らに向かってきていた。

仲間を殺され怒り心頭に発しているのだろう、帝国軍騎士たちは鬼のごとき形相だった。

しかも困ったことに、速度は明らかにこちらよりも速かった。

それもそのはず、こちらには僕たちが乗った馬車があるのだ。

彼我《ひが》の速度に差があるのは当然だった。

このままではすぐに追いつかれてしまう。

僕が焦《あせ》っていたら、馬車の横を、前にいたはずの護衛隊員たちの馬が速度を落としていくのが見えた。

僕らを、いや、アリアスを護《まも》るために、馬車と帝国軍の間に割り込む気だ。

護衛隊員たちは、敵を背にした状態ですでに皆抜剣し、臨戦態勢に入っている。

対する帝国軍も全員抜剣し、雄叫《おたけ》びを上げている。

勝てるのだろうか？

確かに護衛隊員の皆は、僕が思っていたよりも遥《はる》かに強かった。

でも、敵に背を向けた状態で戦うのは、不利なのではないだろうか。

そう考えていたとき、帝国軍の鋭利な刃が陽光に照らされてギラリと輝き、護衛隊員たちに襲いかかった。

護衛隊員たちの剣がその凶刃《きょうじん》を、力強く弾く。

一合、二合、三合と、皆それぞれに激しく撃ち合う。

だが、やはり先ほどのように鎧袖一触《がいしゅういっしょく》とはいかない。

明らかに、背を向けた護衛隊員たちが苦戦している。

このままではまずい。

しかし、どうすれば……

いや、どうすればじゃない！

何を迷うことがある！　僕が戦うんだ！

僕は護衛隊員の皆より強い。

なら、ここは僕の出番のはずだ。

僕は意を決すると、目の前に垂《た》れ下がる幌《ほろ》を勢いよく跳《は》ね上げ、後方の護衛隊員たちに向かって大声で叫《さけ》んだ。

「皆さん！　上がってください！　僕が戦います！」

すると、ギャレットが僕のそばにやってきた。

「カズマ！　ここは我らに任せよ！」

僕も引くつもりはない。

「いえ！　僕が戦います！　背を向けながらの戦いは不利です！」

「しかし！」

ギャレットが何か言おうとするより早く、僕はさらに続けた。

「僕の強さを知らないわけではないでしょう！　戦うのは僕に任せて、皆さんは馬車と並走して横から襲われないようにしてください！」

だがギャレットは迷っていた。

「お前の強さは無論知っている。しかしそれは、平地での戦いのこと。馬車の中から戦うのは難しいのではないか？　そんな経験などあるまい？」

「確かにそんな経験はありません。ですが、そんなものは戦っていくうちに慣れます！」

そうだ。僕の成長率は高いんだ。

だから、僕が今言ったことは真実そのものなんだ。

「しかし……」

ギャレットはまだ迷っていた。

そのとき、一人の護衛隊員が帝国騎士の斬撃を受けてよろめいた。

僕は咄嗟《とっさ》にギャレットに怒鳴《どな》った。

「ギャレットさん！　迷っている場合じゃない！　急いで指示を出してください！」

ここでようやく、ギャレットの意志が固まった。

「よしっ！　ここはカズマに任せることとする！　皆ただちに上がれ！　後ろはいい！　馬車の横を護《まも》れ！」

ギャレットの指示が響き渡る。

すでに護衛隊員たちが揃って馬腹を激しく蹴った。

馬たちは乗り手に応《こた》えて速度を上げ、僕らの馬車を追い越していく。

僕は彼らを見送りながら、腰の剣を一息に抜き放った。

そして、荷台から荷物が落ちないように立てられている後部アオリに左足を乗せた。

「かかってこい！　ここからは僕が相手だ！」

すると、怒気を孕《はら》ませた馬に乗った騎士たちが、僕に殺到《さっとう》した。

「ガキがっ！　後悔するなよ！」

先頭の騎士が鐙《あぶみ》を強く踏みつけてから馬上に立ち上がり、馬のたてがみを掴《つか》みつつ、まっすぐ僕をめがけて剣を突き立てた。

鋭い突きが僕に迫る。

だが、僕は落ち着き払って右手に握《にぎ》った剣を、逆袈裟《ぎゃくけさ》に斬り上げた。

僕の剣と帝国騎士の剣が激しくぶつかり合う。

次の瞬間、騎士はよほど強く握《にぎ》っていたらしく、剣ごと馬から落ちていった。

驚愕《きょうがく》の表情の騎士が宙を舞う。

そのままスローモーションのように、地面に落下した。

そこを後続がすさまじい勢いで駆けてくる。

落馬した騎士は、無惨《むざん》にも蹄鉄《ていてつ》の下敷きとなった。

蹄《ひづめ》の音で、断末魔の悲鳴さえ聞こえない。

だが僕は心を強く持ち、次なる襲撃に備える。

殺到《さっとう》する悪鬼羅刹《あっきらせつ》のごとき帝国軍騎士たちを、僕は剣を振るって次々と馬から吹き飛ばしていく。

どうやら僕の右腕からはすさまじい力が湧《わ》き出しているらしい。

決して二合と斬り結ぶことなく、全て一撃でもって吹き飛ばしていた。

今度は帝国軍の後方から、別の騎馬部隊が現れた。

弓隊だ。

彼らは弓を構えて、僕らに向けて一斉に矢を放った。

バヒュンという風切り音を立て、幾本もの矢が襲いかかってくる。

僕は剣を振るって、できる限りの矢を叩《たた》き落とした。

馬車の中にはアリアスたちがいるからだ。

だが、矢が多すぎる。

全部を叩《たた》き落とすのは不可能だ。

まずい、漏《も》らした幾本もの矢が幌《ほろ》を突き破った。

そして、悲鳴が上がった。

僕が恐れていた通り、誰かに矢が当たったらしい。

「大丈夫ですか!?」

気になるが、まだまだ飛んでくる矢を落とさねばならない。僕は振り返る余裕がなかったものの、声だけはかけた。

「矢がメルアの足をかすめました！　でも大丈夫！　わたしが治します！」

アリアスの声だ。

メルアというのは、二人いる侍女のうち小柄な方の人だ。

僕は矢を叩《たた》き落としながら、アリアスの言葉を反芻《はんすう》した。

今、確かアリアスは、わたしが治すって言ったな。

治すっていうのは、治療《ちりょう》をするってことか。

アリアスって、薬箱とか持っていたっけ？

僕はこの戦いの間にもどんどんレベルアップしているらしく、矢を落とすことにもかなり慣れてきていた。

おかげで余裕が生まれたので、アリアスの言葉が気になり、首だけを動かして軽く後ろを見てみた。

すると、薄暗い馬車の中に淡い緑色の光が見えた。

なんだあれは⁉

僕は驚き、思わずまた矢を落としそこねそうになった。矢の波が一段落したとき、思いっきり振り返ってみた。

なんと驚いたことに、薄緑色の光はアリアスの手から発せられていた。

あの光は一体?

僕は前を向いては矢を落とし、後ろを振り返っては薄緑色の光を凝視《ぎょうし》を繰り返した。

しばらくして、アリアスの手から放出されていた光が消えた。

僕が呆然《ぼうぜん》としていると、怪我《けが》をしたメルアがアリアスに礼を言った。

「姫様、ありがとうございます。もう痛みはありません」

「よかった。でもひとまず安静にしていてね」

アリアスはにっこり笑った。

そこまで見届けた僕は、再び矢を叩《たた》き落とす作業に戻った。

そして、心の中では考えている。

あれはたぶん魔法だ……きっと治癒《ちゆ》魔法っていうやつに違いない……

「やっぱり、ここは異世界なんだな……」

僕は迫りくる数多《あまた》の矢をもはや余裕で叩《たた》き落としながら、今見た光景を思い返していた。

改めてここが異世界である実感が湧《わ》いてくる。

「よし！　とにかくこの窮地《きゅうち》を脱しなければ」

気が緩《ゆる》みかけていた僕は、気持ちを切り替える。

そのうち、撃ち込まれる矢の数が明らかに減ってきた。

そしてついに、矢は放たれなくなった。

どうやら矢を撃ち尽くしたらしい。

弓隊は下がり、再び剣を抜いた騎士たちが上がってきた。

だが今度は、不用意に僕に剣を振るってはこなかった。

一定の距離を開けている。

やがて、遥《はる》か遠くからもの凄《すご》い数の蹄《ひづめ》の音が鳴り響いてきた。

僕は慌《あわ》てて音のする方向を見る。

帝国騎士たちの背後、百メートルほど先の道を、大量の騎馬がすさまじい勢いで疾駆《しっく》していた。

応援部隊か！

今僕たちを追走している帝国騎士に視線を戻すと、馬車からは見えにくい脇の方で一筋の白い煙が天に向かって上がっているのに気づいた。

狼煙《のろし》を上げていたってわけだ。

まずいな。いくらなんでも数が多すぎる。

どう見ても、あの騎馬隊は百人以上いる。

しかも、彼らの進んでいる方向は、この馬車からは左にずれている。僕の目の前にいる部隊とは合流せずに、圧倒的な速度を生かし、僕たちの前に回り込んで挟《はさ》み撃ちしようとしている。

ダメだ。挟《はさ》まれたら逃げられない。

となれば、やるしかない！

僕は、大きく息を吸い込んで肺腑《はいふ》の中を埋《う》め尽くすや、一気に吐《は》き出した。

「よし！　行くぞ！」

僕は覚悟を声に出すと、両足に力を込めて跳《と》んだ。

大丈夫、いけるはずだ。

巨人族との戦いでも、僕の跳躍《ちょうやく》は武器になった。

その後の色々なモンスターとの戦いにおいても、非常に有効的な武器になった。

おそらく僕の跳躍《ちょうやく》のレベルも、動体視力も、瞬発力も、空間認識能力も、全てレベルアップしているはずだ。

なら、きっとやれる。僕ならやれるはずだ！

僕は空中で両腕を顔の前で交差し、足を曲げて腹につける。

それから、僕に驚き慌《あわ》てる騎士の眼前まで迫ったところで、両腕を勢いよく開く。その動作によって、右手に持った剣が横に振るわれた。

騎士は剣を構えて、僕の剣を受けようとするも、勢いが違う。

僕の剣には、跳躍《ちょうやく》の速度と全体重が乗っている。

騎士は僕に剣を弾かれた衝撃で落馬した。

だが、問題はどう馬の上に着地するかだ。

僕は足を伸ばし、大きく広げる。

前後逆に馬にまたがる形になった瞬間、足にキュッと力を込めて馬の腹を挟《はさ》んだ。

跳躍《ちょうやく》からまたがったせいで、上からも横からも馬には強い力がかかってしまった。

「むぐぅぅぅー！」

馬が強烈にいななく。

ただ、馬はかなりの速度で走っているからか、いななくだけで体勢を崩すことはなかった。

僕は振り落とされないように、必死に足で馬の腹を押さえる。

しかし、上半身は勢いに負け、馬の尻に向かって倒れ込んでしまった。

目の前に馬のしっぽがある。

僕は思わず、それを左手でぎゅっと掴《つか》んだ。

馬は驚き、再びいななきながら前脚を上げた。

僕は全身の力を振り絞《しぼ》って馬にしがみつく。

馬は疾走《しっそう》しながら、僕を振り落とそうと暴れた。

追ってくる騎士たちは、馬の後ろ脚に蹴られないよう手綱《たづな》を引く。

暴れないで！　僕は心の中で叫《さけ》んだ。

そんな状態が十秒ほど続いただろうか。

だんだんと身体のバランスのとり方がわかってきた。

どうやら、乗馬のスキルがレベルアップしたらしい。

しばらくして、馬もおとなしくなった。

よし、いける！

さらに十秒ほど経つと、僕は馬を完全に操《あやつ》れるようになった。

「ぶふうー！」

僕は肺の中の空気を一気に吐《は》き出した。

成功だ。

なんとか馬を奪うことに成功したぞ。

でも、座る向きが反対だな。

これじゃあ手綱《たづな》を握《にぎ》れない。

でも、鐙《あぶみ》に足を入れることには成功している。

よし、こうなったら、とりあえず馬任せで走るとしよう。幸い、馬は馬車と同じ方向に走り続けている。しかも、追いかけてくる騎士たちの誰よりも速く。

あとは振り落とされることのないよう、馬腹を足できちんと押さえ続けることだ。

そうすれば、追ってくる敵と正面から戦える。

「さあ、かかってこい！」

僕は追ってくる騎士たちに叫《さけ》んだ。

騎士たちの顔が怒りで真っ赤になった。

挑発《ちょうはつ》に乗ってくれたらしい。

僕は、騎士たちを迎え撃つため、剣を構える。

馬に反対向きで座る僕なら勝てると思ってくれたのか、騎士たちが再び殺到《さっとう》する。

僕は冷静に彼らの振るう剣に、自らの剣をぶち当てた。

次々と馬から落ちていく帝国軍騎士たち。

僕は馬腹を締めたり緩《ゆる》めたりして馬を操《あやつ》り、騎士たちを次々と吹き飛ばし続けた。

乗馬スキルもどんどんレベルアップしているようだ。

ほとんど曲芸師みたいに戦っているけど、格好《かっこう》つけてはいられない。

このままこの目の前の部隊を蹴散らそう。

そうでないと、挟《はさ》み撃ちされてしまう。

そのとき、左方向をすさまじい勢いで駆け上がっている敵の応援部隊が、完全に僕らを追い越した。
振り返って進行方向を見ると、僕らが進む道と直角に交わる道が見える。
おそらくあそこで左に曲がり、僕らの行く手を阻《はば》む気なのだろう。
そうなってはまずい。一刻を争う事態だ。さっさと目の前の部隊を倒さないと。
僕は立ち上がったり身体を傾けたりしながら、騎馬隊をどんどん蹴散らしていった。
いつの間にか弓隊はいなくなっている。
残りはわずか五騎。
僕は一気に片づけてしまおうと、馬の速度を落とした。
敵との距離が急に縮まる。
僕は戸惑《とまど》っている騎士に対し、渾身《こんしん》の力で一撃を食らわせた。
剣と剣がぶつかり合う衝撃音が鳴り響く中、僕の剣を受けた騎士が落馬する。
残り四騎。
僕は次の騎士へ迫る。
騎士は突きを繰り出してきた。
僕は突きに合わせて剣を振るう。
吹き飛ぶ騎士。

と、吹き飛んだ騎士が後方にいたもう一人の騎士にぶち当たった。二人とも落馬する。

これで残りは二騎だ。

僕は馬を操《あやつ》って、次の騎士へと向かっていった。

そしてこの二人を一気に片づけるべく、二人が僕から見て重なる位置を取り、力いっぱい剣を振るった。

すると、僕の思い描いていたように騎士が吹き飛び、もう一人の騎士を直撃して落馬した。

「よし！　全員片づけました！　右へ……あ、いや左方向に進路をとりましょう！」

僕は進行方向とは反対を向いて馬に座っていたことを思い出し、そう提案した。

それに対し、ギャレットが大音声で応じる。

「了解した。左だ！　その先に見える側道に入れ！」

ギャレットの号令に、護衛隊員が一斉に応じる。

僕らが側道に入るのが先か、それとも敵が殺到《さっとう》するのが先か。

とりあえず僕は馬にちゃんと乗ろうと、馬の上で身体の向きを変えた。

「ふう……これでちゃんと乗れる」

僕は初めて馬の手綱《たづな》を取り、改めて右斜め前方を走る敵の応援部隊を見た。

次に側道までの距離を確認する。

ギリギリだな。

だとしたら、引き返した方がいいのか？

いや、馬車が百八十度向くには時間がかかる。

このまま進んで、あの道を左に曲がって逃げる方が速い。

僕はつばをごくりと呑《の》み込み、ただただ間に合うことを天に祈るしかなかった。

砂埃《すなぼこり》を巻き上げて襲いくる帝国の応援部隊を右手に見ながら、僕らは必死に側道を目指してひたすら突き進んでいく。

だが、先に曲がり道に到達したのは帝国軍だった。

来た！

僕らめがけて帝国軍が突っ込んでくる！

ちょうど僕ら一行の先頭も、左に折れる側道にたどり着いた。

護衛隊員が勢いを殺さずに側道に入るため、身体を左に思いっきり倒す。

馬も見事に呼応する。

凄《すご》い！　人馬一体とはこのことだろうか。

護衛隊員の乗る馬の速度は、まったくと言っていいほど落ちていなかった。

他の護衛隊員たちも次々に側道へと走る。
だが皆ぶつかり合うこともなく、見事に側道を曲がっていった。
僕もあんな風に曲がることができるだろうか？
いや、きっと大丈夫だ。
これまでのことで、乗馬スキルだって相当にレベルアップしているはずなのだから。
僕の前の馬車が、側道に差しかかった。
だが馬車はこれまで酷使したことにより、車体が悲鳴を上げている。
果たして速度を落とさずに曲がれるのだろうか。
馬車は多少速度を落としたものの、なんとか側道へと入っていった。
御者の護衛隊員も凄《すご》いな。
僕は感嘆した。
馬車が側道に入ったため、最後尾を行く僕の視界が一気に開けた。
右方向を見ると、ほんのわずかな距離にまで帝国軍が迫っている。
ギリギリか！
僕は見よう見まねで身体を左に思いっきり倒した。
次の瞬間、先頭の騎士が僕をめがけて短剣を投げた。

僕は身体を倒したまま必死に剣を振るい、短剣を叩《たた》き落とす。

僕が身体を傾けたことで、馬も同様に身体を倒した。振り落とされそうになるのを、なんとか耐える。

よしっ！

曲がっている！

僕も側道に逃げ込むことに成功した。

だが危機はまだまだ続く。

当然のごとく、帝国軍も側道へと殺到《さっとう》してきたからだ。

しかし、側道は狭《せま》く、スムーズには入れなかった。

帝国軍はほぼ一列になっている。

当然、僕らも一列だった。

こうなるとこちらに都合がいい。

囲まれる恐れがないからだ。

僕が一人ずつ倒していけばいい。

僕は、右手の剣を強く握《にぎ》りしめた。

帝国軍の騎士たちが距離を詰めてくる。

僕は深呼吸をしてから、多数の帝国軍騎士を睨《にら》みつけると、高らかに言い放った。

「僕が相手だ！　かかってこい！」

すると、迫りくる帝国軍の熱気が一段階上がった。

皆、馬腹を蹴って、速度を上げてきた。

彼我《ひが》の距離が狭《せば》まっていく。

あと少し——

ついに、先頭の騎士が後方から僕に剣を斬りかかってきた。

よし！　いける。

僕は剣を逆袈裟《ぎゃくけさ》に斬り上げ、帝国騎士の身体ごと相手の剣を吹き飛ばした。

騎士が宙を舞う。

後続が彼を避けようと必死に馬を操《あやつ》る。

なんとか回避した後続の騎士が、驚愕《きょうがく》の眼差《まなざ》しを僕に寄越した。

「なんという膂力《りょりょく》だ！」

頭に血が上っていたであろう騎士たちは、落ち着きを取り戻し、考えなしに僕に向かってくる愚行をやめた。

そして、後方に伝令を飛ばした。

「ソウザ様にお越しいただくように伝えろ！」

伝言ゲームのように次々と後ろに向けて言葉が繋がっていく。

ソウザ……この部隊を率いる者か？

だがそんなやつを待っている余裕は、こちらにはない。

この狭《せま》い道がいつまで続くかわからない以上、できれば早めにある程度は倒しておきたい。

なんといっても、敵はひどく多い。

このまま広い街道に出るようなことになれば、左右に展開されて囲まれてしまう。

そうなると万事休すだ。

アリアスたちを守る手立てはない。

そのため僕は手綱《たづな》を引く。

馬は僕の求めに即座に応じ、速度を落としてくれた。

そうしたことにより、帝国軍騎士のすぐ目の前に来る。

僕はすぐさま右手に持った剣を振るった。

騎士は慌《あわ》てて防御しようと剣を顔の前にかざすも、僕は力任せに吹き飛ばした。

もんどりうって側道に落ちる騎士。

主《あるじ》を失った馬は、ゆっくりと速度を落としていった。

「かかってこい！　どうした！」

僕は再び騎士たちを挑発《ちょうはつ》した。

だが、彼らは僕に恐れをなしたのか、一向に襲いかかってくる気配がない。

ただ、膠着《こうちゃく》状態は長く続かなかった。

後方から一騎、騎士たちを道の脇に強引に押しやりつつ、するする近づいてくる者がいた。

どうやらあれがソウザだろう。

鎧は身に着けず、肩に槍を担《かつ》ぎ、厭味《いやみ》ったらしい笑みを浮かべている。

なんか嫌な感じ。

ソウザは道幅ぎりぎりなのも構わず、先頭の騎士の横に自らの馬をつけると、顔と同じく厭味《いやみ》な口調で隣の騎士に問いかける。

「おいおいおい、わざわざこの俺を呼びつけたのはお前か？」

「いえ、申し訳ございません。わたしではありません……」

騎士は緊張しながら答えた。

「じゃあ誰だ？」

「は、すでに落馬いたしました」

騎士が困った顔で答える。

「ふん、情けない。相手はこの子供なんだろう？」

ソウザが首を横に倒し、厭味《いやみ》ったらしく僕を睨《にら》む。

そこへ騎士が言った。

「ですが、恐るべき膂力《りょりょく》を持っております」

「膂力《りょりょく》ねえ～？　こんなガキがか？」

「はい。侮《あなど》れません。一撃で重装備の騎士を吹き飛ばしました」

「ほう～？　本当かねえ～？」

信じてもらえないことに苛立《いらだ》ったのか、騎士が声を大きくする。

「無論本当のことです。お疑いになりますか！」

ソウザは、なぜか口角を不気味《ぶきみ》なほど上げた。

「そうか、だったら見せてくれ」

「は？　……見せてくれとは……」

「わからんか？　こういうことだ」

ソウザは肩に担《かつ》いだ槍を繰り、騎士の乗った馬の尻《しり》をその穂先《ほさき》で斬りつけた。

驚きと痛みゆえか、馬が僕に向かって突進してきた。

嫌なやつだ。こういうやり方をするとは。

だけど仕方がない。

衝突するわけにもいかない。

僕は後ろ向きで剣を振るって、暴れ馬に乗る騎士を斬りつけた。

騎士は慌《あわ》てて剣で防ごうとする。

しかし、騎士は吹き飛んでいった。

ソウザはその様子をじっと観察し、蛇《へび》のように細長い舌をチロチロと覗《のぞ》かせながら、厭味《いやみ》ったらしい顔でつぶやいた。

「へえ、本当だったな。これは面白い……どうやら久々に手ごたえのある獲物となりそうだな」

そして、ゆっくりと近づいてくる。

僕はすでにこの男が嫌いになっていた。

口元に嫌らしく湛《たた》えた笑み。

人を小馬鹿にするような物言い。

それに、なんといっても今の、味方を味方とも思わない外道な行動。

僕はこういうやつが大嫌いだ。

それが顔に出たのだろう。

ソウザが僕を鼻で笑う。

「なんだ小僧《こぞう》、生意気《なまいき》に俺に文句でもあるのか？」

僕は思わず、被《かぶ》せ気味に言った。

「ある！」

すると、ソウザが下卑《げび》た笑い声を上げた。

「ヒャーハッハッハー、ガキが、このくらいで怒ってんじゃねえよ。そもそも、俺の部下をぶちのめしたのはお前じゃねえかよ」

僕はムッとして反論した。

「僕に向かって突っ込んできたから仕方なくだ！」

「だとしてもだ。お前がやったことに変わりはねえじゃねえかよ」

僕はギュッと奥歯を噛《か》みしめる。

それを見て、またもソウザが下品に笑う。

「ヒャーハッハー、どうした小僧《こぞう》、悔しいか？　ざまあねえな」

負けてたまるか！

「ぜんっぜん悔しくなんかない！」

だが、ソウザの高笑いは続く。

「ヒャーハッハッハー、おいおいおい、口ではそう言っても顔に出ているぞ、小僧《こぞう》」

ふん！　うるさい！

なんとか言い返さないと。

そのとき、ある考えが頭をもたげた。

もしかして、これは僕の心を乱そうとしているんじゃないだろうか？

きっとそうだ。

さっきの僕の戦いを見て、手強《てごわ》いと思ったんだ。

なるほどそうか。僕を恐れているんだな。

「ふん！　お前の魂胆《こんたん》はわかっているぞ！　僕には勝てそうもないと思って、心を揺さぶろうとしているんだろ？」

そう答えたところ、ソウザはこれまでで一番激しく笑った。

「ブワッハッハッハー！　これは傑作《けっさく》だ！　俺がお前に勝てないって？　こいつはずいぶんと面白い冗談《じょうだん》だ。お前、なかなかいいセンスしているな。なんだったら、俺の部隊の道化師として雇ってやってもいいぜ」

ソウザは腹を抱えてさらに笑う。

かなり腹が立つ。

やっぱりこいつが大大大っ嫌いだ！

「嘘をつけ！　お前は僕を恐れているはずだ！」

ソウザは今度は笑わずにこちらを睨《ね》めつけ、長い舌をチロチロと見せる。

「俺がお前を恐れてるだって？　なんでお前みたいな、馬鹿力なだけのガキを恐れなきゃならない？」

なに！　馬鹿力だけだって？

もう完全に頭にきたぞ！

「だったら勝負だ！　僕が馬鹿力なだけかどうか、戦ってみればわかることだ！」

すると、ソウザは不敵な笑みを浮かべた。

「そうだな。そろそろお前との会話にも飽《あ》きてきたところだ。望み通り相手をしてやる。かかってこいよ、小僧《こぞう》」

手に持った鉄槍を頭上で軽々と振り回した後、右腋《みぎわき》にピタリと挟《はさ》み、構えを取った。そして、馬を進め、僕と並走する形になる。

「生意気《なまいき》な小僧《こぞう》め、この俺がじきじきに調教してやるよ」

ソウザは長い舌で唇を舐《な》め回す。

不快だった。

仕草もだが、言葉もだ。

「人に対して調教なんて言うものじゃない！」

「ふん、馬鹿なガキには、教育なんて生ぬるいものじゃなく、調教こそがふさわしいんだよ」

「僕はお前の所有物じゃない！」

またもソウザがいやらしく舌なめずりをする。

「安心しろ。俺の所有物なら可愛《かわい》がってやるところだが、お前はきっちり骨の髄《ずい》までいたぶってやるさ」

僕はもうこの男と会話をする気がなくなった。

だから、こう言い放つ。

「もういい！　かかってこい！」

ソウザが軽く鼻を鳴らした。

「だから、そういうところが可愛《かわい》くないんだよ！」

言い終えた瞬間、右腋《みぎわき》に挟《はさ》んでいた槍をすさまじい勢いで天に向かって振り上げた。

ビュンという風切り音が僕の耳まで届く。

次いで槍を頭上で一回転させ、斜め上から振り下ろした。

僕は咄嗟《とっさ》に槍にぶち当てようと剣を振るう。

槍と剣がぶつかろうとする瞬間、突如として槍が引かれた。

僕が驚き戸惑《とまど》っていると、ソウザがにやりと笑った。

「食らえっ！　小僧《こぞう》！」

彼は両手で槍をぐっと掴《つか》み、恐ろしい速度の突きを繰り出してきた。

僕はそれをギリギリ目で捉え、剣で防ごうとするも——間に合わない！　穂先《ほさき》が僕の顔に迫る！

僕は急いで顔を横に倒した。

ソウザの槍の穂先《ほさき》が、僕の頬《ほお》をかすめた。

鮮血《せんけつ》がほとばしる。

直後、槍が一旦使い手の元へと下がる。

だがすぐにまたも、穂先《ほさき》がすさまじい勢いで僕に襲いかかる！

ダメだ。目で捉えるのがやっとだ。剣で払う余裕なんかない。

これでは間に合わない！

僕はまたも身体や首をひねって躱《かわ》そうとするが、今度は首筋をスパッと斬られた。

再び鮮血《せんけつ》が激しく噴き出る。

そこへ三たび刺突が襲いくる。

馬上の僕は身体のバランスを崩しながらも、剣を振るって防御しようとした。

二度の攻撃でレベルアップを果たしたのか、三度目の正直で剣が槍に当たった。

しかし、身体が安定していないこともあり、力があまり入っていない。
槍を軽く弾いただけで、ソウザごと吹き飛ばすには至らなかった。
ただ、とりあえずはそれで充分だった。
僕が槍を弾いたことにソウザは驚き、その神速の突きが止まったからだ。
僕は体勢を整えると、大きく息を吐《は》き出した。
「ぶふぅー！」
危なかった！　今のは本当に危なかった！
こいつ強い。口だけじゃない。本当にめちゃくちゃ強いぞ。
油断したわけじゃないのに、圧倒された。
でも、それもこれまでだ。
僕はまたレベルアップしているはず。
今度突いてきたら、弾き飛ばしてやるさ！
「へえ、やるじゃないか小僧《こぞう》。Aランクのこの俺の槍を弾くとはな」
ソウザが口を歪《ゆが》めて、厭味《いやみ》ったらしい笑みを浮かべた。
こいつAランクなのか！
じゃあ、あの巨人族と同等じゃないか！

確かに、力はそんなでもないけど、速さは圧倒的だ。

納得はできる。でも、僕なら倒せるはずだ。

「次は一撃で倒す。覚悟しろ」

「はっ！　生意気《なまいき》な小僧《こぞう》だ。本当に……腹の立つ小僧《こぞう》だよ、お前は」

鼻で笑ったソウザは、先ほどとはだいぶ異なる、恐ろしいほどの殺気を放ちはじめた。

突如ソウザの身体から、煙のような……仄暗《ほのぐら》い何かが染み出した。

なんだあれは？

そして、槍を持つ手を真横に伸ばした。

僕が何の構えかと警戒していたら、騎士が別の槍を携《たずさ》えて上がってきた。その槍は、穂先《ほさき》が三叉に分かれ、先端から石突《いしづき》までの全てが蒼く輝いている。

ぎりぎりの道幅の中、騎士の馬はソウザの馬に並ぶと、蒼い三叉の槍とソウザが持っていた槍を入れ替えた。

ソウザは蒼色に光り輝く三叉の槍の感触を確かめる。

僕はその間、不気味《ぶきみ》なものを感じていた。

ソウザがまた、蒼き槍を頭上で一回転させてから腋《わき》に挟《はさ》み込むという一連の動作をした。

「う～ん、やはり素晴らしい。この手触り、そしてこの輝き。心が躍《おど》るわ」

彼の周りを囲む煙のようなものが、一段と濃くなった。

僕が眉根《まゆね》を寄せてそれを睨《にら》んでいると、その視線に気づいたソウザが言う。

「うん？　お前、闘気《オーラ》を見るのは初めてか？」

「闘気《オーラ》？　その煙みたいなやつのこと？」

「そうだ。よほどの実力者でなければ具現化することがない代物《しろもの》だ。今まで見たことがないということは、これまで大した相手と戦ったことがないんだな」

ソウザは僕を小馬鹿にするように笑った。

僕はかちんときた。

「人間と戦うのが初めてなだけだ。モンスターとは結構戦っているぞ」

「ほう、そうか。だがその割には……いや、まあいい」

ソウザは槍を突き出した。

「そんなことより、この槍を見ろ」

槍？　穂先《ほさき》が三叉に分かれている。それに蒼い。

「その槍がなんだっていうのさ？」

ソウザは槍を立て、恍惚《こうこつ》の表情で見上げた。

「こいつは、蒼龍槍《そうりゅうそう》という名の偉大なりしアーティファクトよ！」

「アーティファクト？」

初めて聞く単語だ。僕は意味がわからず首を傾《かし》げた。

すると、ソウザが片眉《かたまゆ》を跳《は》ね上げ、イラッとした表情で言う。

「ふん、小僧《こぞう》にはアーティファクトと言ってもわからんか。わかりやすく言えば、聖遺物のことだ」

聖遺物？　それって宗教的な……もの？

よくわからない。

僕がまたも首を傾《かし》げると、ソウザが不快そうに口を歪《ゆが》めた。

「ちっ！　ガキがっ！　俺がこいつを手に入れるのに、どれだけ苦労したと思っているんだ。いいか？　こいつの価値はグランルビーでいえば、両手にたんまり載せた分くらいはあるのだぞ。このたとえなら、お前みたいな馬鹿でもさすがにわかるだろう！」

グランルビーを両手にたんまり……

十秒も掘れば採《と》れる量なんだけど……

まあ、アリアスたちも物凄《ものすご》く希少で高価だって言っていたから、きっと凄《すご》い価値なんだろうな。

だが、僕がいまいちピンと来ていない顔をしていたからか、ソウザが怒り狂った。

「こんの馬鹿が！　全然わかっていないいな、お前！」

ソウザはさらに、不愉快そうに口を曲げた。

「お前みたいな馬鹿ガキ相手にこの偉大なるアーティファクトを使うのはもったいないが、致し方ない。せめてお前の血でもって、この蒼龍槍の渇《かわ》きを癒《いや》してやるさ！」

彼は、槍を両手で持ち、力強く握《にぎ》りしめた。

来る！

僕は直感し、剣を構えた。

予想通り、ソウザが蒼龍槍を繰り出してきた。

三叉に裂けた穂先《ほさき》がすさまじい速度で迫ってくる。

速い！　今までよりも数段速い！　しかも、連続攻撃じゃないか！

剣が当たらない。弾き飛ばせない。とんでもない速度だ。

僕は方針転換して、槍を弾き飛ばすのではなく、とりあえず剣を当てようとした。

だが、それでも当たらない。かするのが関の山だった。

蒼く染められた三叉の穂先《ほさき》が、僕の身体を次々にかすめる。

身体の至るところから鮮血《せんけつ》が噴き出し、宙を舞う。

この速さは、聖遺物だという槍のせいか？　それとも闘気《オーラ》のせいか？

おそらく両方だろう。

それにしても、いきなりこれほどの速度になるとは！

僕のレベルアップは追いつくのだろうか？

……大丈夫！　なんとか身体をよじるなどして躱《かわ》すことができている以上、いずれレベルアップしてやつの速度を超えるはずだ。

それまで耐えればいい。

僕は必死にソウザが繰り出す蒼龍槍の動きを見定め、馬の上でどうにか躱《かわ》し続ける。

すると、徐々にではあったが、ソウザの槍の穂先《ほさき》がくっきり見えるようになってきた。

そうなればこっちのものだ。

僕はソウザを吹き飛ばすべく、間合いを測ろうとする。

しかし、ここでソウザの鋭い突きの連撃がピタリと止まった。

僕はどうしたことかと、ソウザの動きを注視した。

そのソウザは、苦々しげに僕を睨《にら》みつけている。

「なんだお前……まさか、この俺の槍を見切ったとでも言うつもりか？」

驚いた。彼は気づいたのか。

嫌なやつだけど、歴戦の強者《つわもの》なのだろう。

おそらく、僕の視線が槍の穂先《ほさき》をしっかり追いかけていることから悟ったんだ。

「ああ、お前の槍はもう見切ったぞ！」

「馬鹿な……そのようなことはあり得ない！」

「あり得ないなんてことはないよ。僕は刻一刻と成長しているんだ」

「成長だと？　この短時間でか？　ふん！　馬鹿馬鹿しい！」

「そう思うなら突いてきなよ。お前の身体ごと吹き飛ばしてやるから」

「ちっ！　本当に腹の立つ小僧《こぞう》だ……だがどうやら侮《あなど》るわけにはいかないようだ」

舌打ちしたソウザは、蒼龍槍を両手できつく握《にぎ》りしめた。

「俺は出し惜《お》しみの愚を犯したりはしない。次で確実に決める。俺の最高の奥義で、お前をこの場に葬《ほうむ》ってやる！」

奥義……そんなものを隠し持っていたのか。

それとも、ただのハッタリだろうか？

いや、違う。

ソウザは先ほどまでとは明らかに違う漆黒《しっこく》の闘気《オーラ》を放出している。

これが、ソウザの言葉を裏づけている。

本当に奥義があるんだ。

なら、僕だって全力だ。

僕には奥義なんてないけど、きっと大丈夫。

自分の背丈《せたけ》の何倍もある巨人族だって倒したんだ。

僕は、ソウザの操《あやつ》る蒼龍槍の穂先《ほさき》をしっかりと見つめた。

ソウザから滲《にじ》み出ていた漆黒《しっこく》の闘気《オーラ》が、腕を伝って蒼龍槍を黒く染めていく。

何かまずい気がする。

だが、今更戦いを避けることはできない。

やるしかないんだ！

そのとき、ソウザが裂帛《れっぱく》の気合いをかけた。

「食らえ、小僧《こぞう》！　黒風靡爛《こっぷうびらん》！」

途端、蒼龍槍を染める黒い闘気《オーラ》が周りの空気を取り込むように渦《うず》を巻きはじめた。

すでに覚悟を決めた僕も叫《さけ》ぶ。

「来い！」

蒼龍槍を中心とした正体不明の黒い渦《うず》は、どんどん大きくなって、なお周りの空気を取り込んでいる。

そして、その黒い渦《うず》の中から、おびただしい数の黒い蛇《へび》が顔を覗《のぞ》かせた。

それぞれがうにゃうにゃとうねりながら、細い舌をチロチロと動かしている。

「死ねい、小僧《こぞう》！」

ソウザが蒼龍槍を僕に向かって突き出した。
瞬間、槍にまとわりついていた黒い渦《うず》が四散する。
同時に、渦《うず》の中にいた無数の黒蛇《くろへび》が飛び出してきた。
僕は剣を振るい、大量の黒蛇《くろへび》を叩《たた》き落とそうとする。
だが、手ごたえがない。
この蛇《へび》は実体じゃない！
そのとき、無数の蛇《へび》の隙間《すきま》から、何かが陽光を反射してギラリと輝いた。
蒼龍槍だ！
蒼龍槍の鋭い穂先《ほさき》が、僕の心臓を貫こうとすさまじい勢いで迫ってくる。
剣で――いや、間に合わない！
僕は必死に身体をよじった。
だが、蒼龍槍は僕の脇腹を容赦《ようしゃ》なく襲う。
肋骨《ろっこつ》が数本折られ、さらには肉も抉《えぐ》り取られ、おびただしい鮮血《せんけつ》が噴き出した。
だが、なんとか心臓は守れた。
僕は咄嗟《とっさ》に左腕を内側に絞《しぼ》り、蒼龍槍を腋《わき》でがっちり固める。
「捕まえたぞ！」

ソウザは、僕をねっとりとした視線で見ている。

「まさか、この俺の最終奥義、黒風靡爛《こっぷうびらん》を受け止めるとは……」

「ふん！　こんなめくらましで僕を倒せると思うな！　大体、蒼龍槍とか大層な名前の槍を持っていながら、出てきたのは黒蛇《くろへび》じゃないか。グレードダウンもいいところだ。聖遺物だかなんだか知らないけど、お前なんかじゃ、その槍を扱えないんじゃないのか！　そんなの宝の持ち腐《ぐさ》れだ！」

僕はこれまでの鬱憤《うっぷん》を晴らすかのように言った。

ソウザが顎《あご》を上げて、僕を見下すように言い返す。

「やかましい！　減らず口を叩《たた》きやがって！　黒風靡爛《こっぷうびらん》を止めたからといって調子に乗るなよ！　貴様の死はもはや確定事項なんだからな！」

ソウザは気味の悪い笑みを浮かべてつけ加える。

「わからないか？　黒風靡爛《こっぷうびらん》の真の恐怖が」

僕の視界が突如揺れはじめた。

あれ？　なんだ？

世界が……揺れている。

めまいだ。僕がめまいを起こしているんだ。

いや、めまいだけじゃない。

心臓の鼓動《こどう》が激しい。

こんな音、今まで聞いたことがない！

それに……身体が震えてきた。

なんだこれは？　まさか……

「毒か！」

「そうだ。黒い渦《うず》も蛇《へび》も、めくらましにすぎん。この技の真に恐るべきは、槍に仕込んだ毒さ。この柄《え》に仕掛けられた突起を押すと、穂先《ほさき》から猛毒が溢《あふ》れ出す仕組みになっているのだ。どうだ、素晴らしい発明だろう！」

ソウザは槍の柄《え》にある突起物を僕に見せつけながら得意満面だった。

僕は視界が徐々に暗くなっていく中、なんとか言い返す。

「発明だって？　……つまりはご大層な聖遺物を、毒が流れるようにお前が勝手に作り替えたってわけか……」

「その通りだ。聖遺物であろうがなんであろうが、要は使い方だ。扱いづらければ、扱いやすくなるように作り替えればいいだけのこと。そもそも俺が手に入れた時点で、こいつは俺のものだからな。改造しようがどうしようが、俺の勝手ってわけだ」

「ふん、やっぱり……宝の持ち腐《ぐさ》れだったたってわけだな……」

「どうとでも言え。勝ったのはこの俺だ。お前はもうふらふらで、今にも馬から落ちそうじゃないか」

「くっ！　毒だなんて……卑怯《ひきょう》な手を……」

「卑怯《ひきょう》？　褒《ほ》め言葉として受け取っておこう」

ソウザは高笑いをした。

そのとき、僕は一番の大きなめまいに襲われる。

首がガクンと落ちた。危うかったが、どうにか落馬せずに済んだ。

ソウザは舌なめずりをしながら、僕を観察している。

「だいぶ効いてきたようだな。だがそいつは遅効性だ。すぐには死ねない。ゆっくりじっくりたっぷりと、迫りくる死の恐怖に怯《おび》えるがいい！」

くっ！　目の前が暗くなってきた。

まずい、このままじゃ……

そんな僕を嘲笑《あざわら》うソウザの声が耳障《みみざわ》りだ。

せめてこの男だけは……

僕は右手に持った剣を地面に投げ捨てると、その手で左腋《ひだりわき》で押さえている蒼龍槍を握《にぎ》りしめた。

そして歯を食いしばって全身の力を両腕に込め——

「ぐっ……んがあぁぁぁぁーーーー！」

蒼龍槍を持ち上げようとした。

槍を持つソウザも全力で抵抗してくる。

だが、僕の膂力《りょりょく》がソウザを遥《はる》かに上回った。

「うおぉぉぉぉーーーーー！」

僕はソウザの身体ごと、蒼龍槍を持ち上げた。

馬から離れ、槍に掴《つか》まった状態のソウザは慌《あわ》てている。

「うおっ！　おいっ！　なんてことをしやがるんだ、この小僧《こぞう》！　馬鹿力にもほどがあるぞ！　大人の俺を持ち上げるなんて！」

ソウザは槍を離さないように必死になっているのが見てとれた。

僕の脇腹からは血が噴き出しているけど、気にしない！

「僕は、お前だけは許さない！」

僕は叫《さけ》ぶや、槍を力任せに振り下ろした。

「おわあぁぁぁーーーー！」

ソウザが恐怖から叫《さけ》んだ。

だが、それで逃れられるわけもなく、ソウザは地面に叩《たた》きつけられた。

「ぐぶっ！」

ソウザの身体が地面に何度もバウンドする。

そこへ、後続の馬が続々と駆けてきた。

だが、帝国軍騎士たちはこの一騎打ちの邪魔をしないよう一定の距離を取っていたため、ソウザが馬の蹄《ひづめ》に踏まれることはなかった。

さらに、騎士たちは見事な手綱《たづな》さばきで地面に落ちたソウザを避けていく。

馬に乗った僕とソウザの距離はどんどん離れていく。そのとき、あの厭味《いやみ》ったらしい声が聞こえてきた。

「おいっ！　聞こえるか小僧《こぞう》っ！　よくもやってくれたな！　だが貴様はこれで終わりだ！　その毒は解毒不能な古《いにしえ》の蟲毒《こどく》だ！　ざまあみやがれ！　せいぜい苦しみ、のたうち回って死ぬがいい！」

あれだけ強く地面に叩《たた》きつけられたっていうのに、生きているだけじゃなく、ずいぶん元気じゃないか。

よほど頑丈《がんじょう》な身体の持ち主なのかな？

毒のせいで朦朧《もうろう》となりながらもそんなことを考えていると、再びソウザの声が聞こえてきた。

「おい！　誰か蒼龍槍を回収しておけよ！　いいな！　パクるんじゃないぞ！　そいつは俺の大事な聖遺物なんだからな！　わかったな！」

欲深いやつだ。ちゃんと扱えていないくせに。でもまあ、らしいといえばらしいか……

……ああ、視界がさらに狭《せま》くなってきた。

このままじゃ……

すると、一騎の帝国軍騎士がスルスルと上がってきた。

帝国軍騎士は僕の様子を観察するなり、ニヤリと笑った。

「ふん！　何もソウザ様の毒で死ぬのを待つまでもない。お前は俺が討ちとってやる！」

見ると、さらに後ろの騎士たちもニヤニヤと薄ら笑いを浮かべている。

一難去ってまた一難か。

だが、まだ死んでたまるか！

僕は残った力を振り絞《しぼ》って蒼龍槍を操《あやつ》り、迫りくる帝国騎士たちを、次々と吹き飛ばしていく。

先ほどまでと違い攻撃範囲が広くなったので、武器を合わせる必要はない。

槍を横殴《よこなぐ》りにすればいいだけだ。

だからそういう意味ではだいぶ楽になった。

しかしながら、ソウザから浴びた毒はどんどん僕の身体を蝕《むしば》んでいった。

「くっ！」

一瞬僕はふらつき、馬にしがみつく形になってしまった。

そこへ新たな騎士が襲いかかってくる。

「取ったー！」

僕はなんとか身体を上げて、蒼龍槍を振るった。

槍の柄《え》を騎士の脇腹に思いきり打ちつける。

体勢を崩した騎士は地面に放り出された。

だが、すぐに別の騎士が迫ってきた。

きりがない。

あと何騎いるんだ？

それに先ほどから、前方にいるはずの馬車の音が聞こえなくなった気がするんだが、どうしたんだろう。

僕はひとまず後ろから迫る騎士を蒼龍槍で吹き飛ばして時間を稼《かせ》ぐと、前を向いて馬車を確認した。

ああ、大丈夫だ。

馬車はちゃんと走っている。

そうか、毒で音が聞こえにくくなっているんだ。

うん？　…………馬車の先、道が…………

まずい！　道幅が広くなっている！

馬五頭くらいは並走できそうなほどに広い。

あそこに出たら帝国軍は、僕の横をすり抜けて一気に馬車に襲いかかるだろう。

僕は背後の帝国軍を見た。

まだまだ数十騎はいる。

ダメだ。囲まれたらひとたまりもない。

僕は、またも斬りかかってきた騎士を一振りで馬上から叩《たた》き落とすと、大きく深呼吸して息を整えた。

そのとき、突然吐《は》き気をもよおした。

咳《せき》をするように勢いよく吐《は》き出す。

しかし、出てきたのは吐瀉物《としゃぶつ》ではなかった。

血だ……

しかも黒い。真っ黒だ。

僕が吐血《とけつ》したのを見た騎士が、喜び勇んで襲いくる。

「俺の手柄だー！」

いや、まだ戦える。

僕は槍を反対の手に持ち替えると、石突《いしづき》を騎士の胸元にぶち当てた。

騎士は一瞬で肺が潰《つぶ》れたようで、声も出せずに後ろに吹き飛んだ。

後続の騎士たちが慌《あわ》てて躱《かわ》そうとするも、間に合わない。

数頭の馬と騎士たちが、からみ合って道に転がっていく。

「ぶふうー！」

僕は口内の血を噴き出すように、大きく息を吐《は》き出した。

もうすぐ広い道に出る。

ならば、覚悟を決めるときだ。

幸い、今のでだいぶ帝国軍との距離が開いた。

僕はもう一度大きく深呼吸した後、鐙《あぶみ》から足を外し、勇気をもって馬の背から跳《と》び上がる。

問題は着地だ。

すぐに地面が近づいてくる。

あと少し――

僕は地面を凝視《ぎょうし》する。

――今だっ！

僕は右足を地面につけた。

すさまじい衝撃が右足を襲う。

すぐに左足も大地につけ、両足で踏ん張る。足元の土が盛り上がるほどの勢いにどうにか耐え、僕は地面に降り立った。

しかし、ほっとしている余裕はない。すぐに次の行動に移らないと。

僕は朦朧《もうろう》とする意識に鞭《むち》打ちつつ、急いで来た道に身体を向ける。

そこへ、帝国軍が群れをなして襲いかかってくる。

僕は槍を振るって、次々と迫りくる帝国軍騎馬の脚を払っていった——

☆

「カズマさんっ！」

馬から下りて遠ざかっていくカズマを見て、アリアスが馬車から身を乗り出して叫《さけ》んだ。

「姫様！　危険です！　お下がりください！」

侍女が止めるのも構わず、身を乗り出したまま、御者をする護衛隊員に懇願《こんがん》する。

「お願い！　馬車を止めて！　カズマさんが！」

だが馬車は止まらない。

御者の護衛隊員は顔をこわばらせながらも、手綱《たづな》を動かすことはなかった。

そして、アリアスの声を聞きつけたギャレットが、馬車のそばに自らの馬を寄せた。

「殿下、なりませぬ！　ここで立ち止まることはなりませぬ！」

「ギャレット！　あれを見て！　カズマさんが馬から下りたの！　狭《せま》い道のところで、帝国軍をたった一人で防ぐつもりなのです！」

「わかっております！　わかってなお、申し上げておるのです！　我らがここで立ち止まれば、アルデバランの国民はどうなりましょう！　悪辣《あくらつ》なベルガンの奴隷《どれい》となり、男たちは惨《むご》たらしく殺され、女たちは慰《なぐさ》み者となりましょう！　それでもいいと、殿下は仰《おっしゃ》るおつもりですかっ！」

「そんなことは……」

「殿下には、叔母上様が嫁《とつ》がれたオルダナ王国にたどり着くという責務があります。そしてオルダナの協力を得て、アルデバラン再興の兵を挙げるのです！　殿下にこのような責務を負っていただくのは、わたくしも心苦しゅうございます。ですが、他の王族の方々はことごとく……」

ギャレットはそこで涙を呑《の》むように、言葉を紡《つむ》ぐ。

「殿下！　殿下はアルデバラン再興の唯一の希望なのです！　どうか……どうかここはこらえてください！」

アリアスは涙で頰《ほお》を濡らしながら、ギャレットを睨《にら》みつけた。

「アルデバランの民のために、カズマさんを犠牲《ぎせい》にしろと、あなたは言うのですね」

その声は震えている。

「はい。これはわたしの一存にございます。わたしはカズマを見殺しにして、オルダナを目指します！」

ギャレットは顔を紅潮《こうちょう》させ、こめかみに血管を浮き上がらせて断言した。

しかし、アリアスがゆっくり首を横に振った。

「いいえ……あなたに責任を押しつけるつもりはありません。ええ、そうですとも……わたしには、最後の王族としての責務があります。そうです。あなたの言う通り、ここで立ち止まるわけには……」

アリアスはたまらず口を押さえて顔を伏せた。

涙がその美しい目から溢《あふ》れ出す。

だがすぐに凛《りん》とした顔を上げると、意を決して告げた。

「……これはあなたの決断ではありません。わたしの決断として……このまま……オルダナ王国へ向かいます！」

アリアスははっきり宣言した。

ギャレットは一瞬うつむくも、すぐに真正面を向いた。

「進め！　このままオルダナ目指して、突き進むのだ！」

「オウッ！」

護衛隊員たちが万感の思いを込めて声を上げる。

かくしてアルデバラン王国最後の希望は、街道を駆けていった——

☆

「一人でも多く！」

僕——ナカミチカズマはその思いで、怒涛《どとう》のごとく迫りくる帝国軍を、紺碧《こんぺき》の輝きを放つアーティファクト——蒼龍槍を振るって、次々と弾き飛ばし続けた。

砂埃《すなぼこり》を巻き上げ吹き飛んでいく帝国軍の人馬。

十……二十……まだか、まだ来るか。

僕は地面に降りて視線が低くなったことと、ソウザの毒で視界が狭《せま》くなったことで、あとどのくらい帝国軍を倒せば、この極限の戦いが終わるのかわからなくなっていた。

だからといって、やることに変わりはない。

僕の命が続く限り、帝国軍を吹き飛ばすだけだ！

僕はその後も蒼龍槍を力の限り振るい続けた。
すると、僕の身体に変化が現れたことに気づいた。
さっきより明らかに視界が鮮明になっている。
それに、たびたび襲ってきた激しいめまいも、まったく起こっていない。
これは一体……
もしかして、スキルかステータスがレベルアップしたのだろうか？
解毒スキルなんてものがあったのかもしれない。
なんにせよ、毒が僕の身体から抜けてきているのは間違いない。
だとしたら……！
僕は両手で握《にぎ》った蒼龍槍を力いっぱい振り回した。
帝国軍騎士たちが、先ほどよりも高く宙を舞う。
それに伴い、砂埃《すなぼこり》もすさまじい勢いで舞い上がった。
「これならいけるぞっ！」
勇気百倍になった僕は、どこまでも蒼龍槍を振るい続けるのであった。

☆

「……カズマ……」

うつむいたアリアスが、そっとつぶやいた。

傍《かたわ》らの侍女ルイーズは、王女にかける言葉が見つからなかった。

もう一人の侍女メルアは矢傷を受け、休んでいる。

馬車の中には、深い沈黙が流れていた。

そこへ突然ルイーズの耳に、後方から激しい馬の蹄《ひづめ》の音が聞こえてきた。

まさか帝国軍が！

ルイーズは違うことを祈るような思いで後方を見た。

やっぱり！

一頭の騎馬が土煙を上げて迫ってくる！

だが、その騎馬をしっかり確認したルイーズは、明るい声で叫《さけ》んだ。

「姫様！　あれを！　あれをご覧ください！」

アリアスは驚き、顔を上げた。

そしてルイーズの指さす、その先を見ると——

「あれは……カズマ！」

「はい姫様！　あれは紛《まぎ》れもなくカズマさんです！」

「おお！　カズマ！　生きて……」

アリアスは満面の笑みを浮かべて立ち上がり、馬車の後部に移動する。

「カズマ！」

アリアスの叫《さけ》びに呼応して、カズマは馬腹を蹴って速度を上げ、馬車に追いついた。

「お怪我《けが》はありませんか？」

自らは全身を血に染めながらも、カズマはアリアスたちを気遣った。

カズマの声を聞いたアリアスの目からは涙が溢《あふ》れ出した。

そして彼女は馬車の後部アオリに足を乗せると、思いきり跳《と》んだ。

「危ない！」

カズマは慌《あわ》てて馬上で腰を上げ、アリアスをしっかり抱きとめた。その一瞬、怪我《けが》の痛みで顔をしかめる。しかし、幸いアリアスは気づかなかった。

そして、アリアスを自分の前に座らせる。

「何をするんですか！　危ないじゃないですか！」

注意されても、アリアスは何も言わずにカズマにひしと抱きつき、ただ泣いている。

カズマはどうしたらいいのかわからず、困り果ててしまった。

第三章　闘気《オーラ》？

帝国軍を振り切った僕たちは、オルダナ王国を目指して馬車を走らせる。

僕の怪我《けが》は、メルアのときのようにアリアスが手から緑の光を出して治療《ちりょう》してくれた。魔法かな？　と思ったのだが、聞けるような雰囲気《ふんいき》ではなかった。なお、安静にするため、僕は奪った馬を置いて、再び馬車の中にいる。

ゴトン……ゴトン……ゴトン……

僕らの行く手が二手に分かれている。

ここは三叉路のようだ。

ゴトン……ゴトン……ゴトン……

「オルダナ王国は左のようだな」

先頭が三叉路に差しかかり、左の道に入っていった。

ゴトン……ゴトン……ゴトン……

しばらく僕らは道を進んでいく。

と、突然馬車から大きな音がした。

ガッゴン！　……ガッ！　ギッ！　……ゴッゴッゴッ！

「まずい！　馬車を停めろ！」

ギャレットが指示を出す。

御者の護衛隊員はすぐさま手綱《たづな》を引き、馬車を停めた。

僕も馬車の後ろから車輪のあたりを覗《のぞ》き込む。

「車軸が曲がっているように見えるんですけど……」

僕が車軸のあたりを指さす。

「まずいな。車軸が折れたら一大事だ」

車軸を確認したギャレットは、そう言うと周囲を見回した。

「よし、あの茂みに馬車を隠して、修理をすることにしよう」

そして、道外れの背の高い茂みを指さした。

僕らはうなずき、馬車をこれ以上傷《いた》めないよう慎重にその茂みへと向かう。

茂みの奥には窪地《くぼち》があり、さらに先には狭《せま》い獣道が見えた。

ここなら、何かあってもあの獣道から逃げられそうだ。

僕らは窪地《くぼち》に馬車を移動させた。

これで街道から見ても、すぐには馬車があるとわからないはずだ。

「よし。では修理を始めてくれ」

護衛隊員たちは乗っていた馬をロープで木に繋ぐと、早速馬車の修理に取りかかる。

僕は何をしていいかわからなくて、とりあえず尋《たず》ねた。

「あの、僕も何か……」

しかし、ギャレットが軽く右手を振る。

「いや、カズマはいい。それよりも修理の間、話をしよう」

「あ、はい。わかりました」

僕はギャレットの後について、アリアスたち女性陣がいる木陰に向かった。

そこでギャレットに、アリアスの前に座るよう促される。

ギャレットは僕が座るのを確認するなり、僕の左手に座り、頭を深々と下げた。

「まずは礼を申し上げる。よくぞ帝国軍を退けてくれた」

僕はいきなり頭を下げられたことに困惑した。

「あ、いいえ、別にその……まあ上手くいってよかったです」

「すまぬ。わたしはお前を見捨てるつもりであった。殿下が逃げる時間稼《かせ》ぎのためにな」

ギャレットはそう言って、さらに深く頭を下げた。

「あ、いや、それも……ギャレットさんにはアリアス……いえ、殿下を護《まも》る義務があるからですよね」

そこへ真正面のアリアスが僕に言った。

「殿下などと言わなくていいです。アリアスと呼んでください。それに、あらたまった口調もする必要はありませんよ。わたしもそうしますから」

「え、でも……」

僕は困り顔でギャレットを見た。

彼は笑みを浮かべる。

「殿下の仰《おお》せだ」

「……じゃあ、アリアスで……」

アリアスがにこりと笑った。

僕もつられて笑った。

だがすぐに、彼女は真面目《まじめ》な顔になった。

「カズマ、わたしもあなたに謝らなければならないことがあるの」

「え？　何が？」

「わたしはあなたに正体を隠していました。それを謝罪します」

「いや……それは、だって、王女様だし……色々あったわけだから仕方がないし……」

「ありがとう。カズマは本当にやさしいのね」

こういう風に言われるのは、なんとも照れる。

「いやあ、そんなこともないけど……」

アリアスはすっと居住まいを正した。

「あらためて自己紹介しますね。わたしはアルデバラン王国の第一王女、アリアス・ソム・アレサンドロスと言います」

凄《すご》い大仰《おおぎょう》な名前だ。それもそうか、王女様だし。

「あ、僕はナカミチカズマです」

アリアスが正式に名乗ってくれたので、僕も初めてフルネームを言った。

すると、アリアスが軽く首を傾《かし》げた。

「カズマはファミリーネームだったの？」

僕は慌《あわ》てて顔の前で手を振った。

「あ、いや、カズマはファーストネームです。そっか、こちらの世界だと、カズマ・ナカミチって言った方がいいみたいだね」

だが、アリアスがまたも首を傾《かし》げた。

「こちらの世界とは？」

しまった！

つい口が滑《すべ》ってしまった。

どうしようか。

う～ん、アリアスも正直に言ってくれたし、ここは一つ。

僕はそこで、アリアスと同じく姿勢を正して、これまでのことを正直に話すことに決めた。

「あの……実は、僕はこの世界の人間じゃないんだ」

僕の突然の告白に、アリアスたちが驚きの表情を浮かべた。

しかし、まだ僕の言う言葉の意味がいまいち理解できないらしく、どちらかと言えば呆《ほう》けたような表情になった。

そのため僕は理解してもらおうと、必死になって説明する。

けれど、僕自身、なぜこの世界に転移したのか理解できていないため、説明は難航した。

「もう一つ別の世界が……あるというの？」

アリアスが困惑の表情で僕に尋《たず》ねる。

僕はうなずいた。

「そう。そこから僕はこの世界に飛ばされたんだ」
「飛ばされた……それは、何者かにということ？」
何者かに……
そうだ。その可能性は高いと僕は思っている。
偶然飛ばされたのではなく、何者かの意志によってこの世界に召喚された可能性。
心当たりと言えば、あの出来事だ。
マリーザの町で、ギャレットたちが帝国軍の騎士を葬《ほうむ》ったときのこと。
僕は初めて人の死を目の当たりにし、身体が震えていた。
あのとき、頭の中に何者かの声が聞こえてきた。
『気に病むことはない』と。
そしてこうも言っていた。
『お前は超越者』だと。
超越者。
これは、二つの世界を越える者という意味なんじゃないだろうか。
そして、最後にこう言った。
『いずれ我がもとへ』と。

どういう意味だったのだろうか。

う～ん、わからない。今の僕には到底答えは出せっこない。

なら、とりあえず棚に上げておこう。

考える材料が揃うその日まで。

「カズマ……どうしたの、カズマ」

と、何やら僕を呼ぶ声が聞こえた。

気づけば、アリアスが心配そうな顔をして僕の顔を覗《のぞ》き込んでいた。

どうやら僕は考えごとに夢中になっていたらしい。

「あ、ごめん。ちょっと考えごとをしてしまって」

「そう。そうね……数奇な運命だものね。考えることはいっぱいあるわよね」

「うん。そうなんだ。なんでこの世界に来たのかっていうのもそうだけど、あまりにも僕がいた世界とこの世界は違うから、色々と混乱してしまうんだよ」

「そんなに違うの？」

「全然違うよ」

「例えば、どう違うのかしら？」

「そうだなあ……例えば……あ、あれだ。ステータス画面。あれには驚いたよ」

「ステータス画面ってこれのこと？」

アリアスはそう言うと、目の前に自らのステータス画面をパッと開いてみせた。

「あ、そう。これだよ。初めて見たときはびっくりしたよ」

「そうなの？　カズマの元いた世界にはないの？」

「うん。ないんだ。だから、最初はなんだか全然わからなくって。ピロリロリン♪　っていうレベルアップの音にもびっくりしたよ」

「へえ、そうなんだ。カズマのステータスがどれくらいなのか興味あるな。きっと物凄《ものすご》いんじゃない？」

「どうなんだろう。こちらの世界に来て早い段階で通知を全部オフにしちゃったから、その後全然見ていないんだ」

「そうなんだ。よかったら見せてくれない？」

僕はうなずいた。そして、出てこいと心で願った。

すると目の前に、懐《なつ》かしいあのガラス板のようなものが出てきた。

「見てもいい？」

アリアスが僕に問いかける。

「もちろん」

アリアスは僕のステータス画面を覗《のぞ》く。やっぱり、書かれている文字は読めるようだ。

「……え……えええええー！」

急に彼女は驚愕《きょうがく》の声を上げた。

彼女がのけ反るのを見て、横にいたギャレットも慌《あわ》てて僕の後ろに回り込んでステータス画面を見た。

「な、な、な、なんとー！」

歴戦の彼もまたのけ反り、二の句が継げないありさまとなった。

侍女たちもたまらず覗《のぞ》き込み――

といったわけで、四人はそれぞれ呆然《ぼうぜん》とした顔で、僕を見つめる。

僕はあまりにも四人のリアクションが凄《すご》かったため、ステータス画面を見るのを少しためらった。

だが、せっかく開いて自分だけ見ないのもおかしいと思い、おそるおそる眺めてみた。

レベル　885
HP　906
攻撃力　1091
防御力　589

力　834
耐久力　626
器用さ　345
敏捷性《びんしょうせい》　691
知性　381
精神　662

僕のステータス画面の一ページ目には、こんな数値が並んでいた。

これって凄《すご》いのかな？

僕が首を傾《かし》げていると、アリアスがぽつっとつぶやく。

「……凄《すご》い……」

どうやら凄《すご》いらしい。

ただ、どう凄《すご》いのか、僕にはわからないんだよなあ。

「これって、どれくらいなのかな？」

僕の漠然《ばくぜん》とした問いに、アリアスが答えてくれた。

「レベル１００以上がAランクだから、レベル８８５なら文句なくAランクね。ちなみに、わたしのレベルは78よ。大体あなたの十分の一以下で、Cランクね」

そうなのか。

僕はギャレットを見た。

彼は軽く咳払《せきばら》いしてから言う。

「わたしのレベルは108だ。お前の八分の一程度しかないが、これでも一応同じAランクだ。もっとも、年齢が四十を過ぎてだいぶ力は落ちていて、実質的にはBランク相当だろうと思う。ちなみに、わたしの部下たちは全員レベル80以上100未満のBランクだ。念のため説明しておくと、60以上80未満が殿下と同じCランク。40以上60未満がDランク。20以上40未満がEランクで、1以上20未満がFランクだ」

そうなのか。AランクからFランクまでは全部20レベル刻みなのか。

だとすると、僕のレベル885っていうのは……

「その……レベル100以上は、全員Aランクってことなんですか？」

ギャレットがまた一つ咳払《せきばら》いしてから答える。

「いや、一応その上にはSランクがいるにはいるが……あれは特別で、各国に一人いるかいないかという存在だ」

そうなんだ……

「そのSランクはレベルいくつからなんです？」

今度はアリアスが答えた。

「Sランクの目安はレベル１０００以上だって言うわ。レベル１００からいきなり飛ぶからびっくりするけど。あなたはSランクに近いわ。だから、わたしたちは驚いたのよ」

そうか。

僕はその特別らしいSランクに近いのか。

え～と、今の僕のレベルは８８５か。

ならあと百十五回レベルアップしたら、Sランクってことか。

あ、でもレベル１０００は目安って言ってたな。

てことは、そう簡単な話じゃないのかもしれない。

僕が前にやったことがあるロールプレイングゲームでは、レベルが上がれば上がるほど、必要な経験値がどんどん多くなっていき、レベルを一つ上げるのに物凄《ものすご》く苦労したのを覚えている。

なら、あと１１５もレベルアップさせるには、相当な時間が………

うん？　待てよ。

そもそも、なんで僕のレベルはこんなに高いんだ？

レベル８８５まで上げるのって、どれくらいの経験値が必要だったんだろう。

あれ？

僕って、そんなに戦ったっけ？

どれだけ多く見積もったとしても、八百八十五回も戦ってないと思うんだけど。

初期数値が高かったのかな？

こんなことなら、最初の段階でもっとよくステータス画面を見ておけばよかったな。

僕がそんなことをつらつらと考えていると、僕のステータス画面を覗《のぞ》いていたアリアスが、ハッと驚く。

「ちょっと待って！　ないわ！　ないじゃない！」

うん？　ない？　何が？

「え、どうしたの？　何がないって？」

アリアスは、僕のステータス画面と自分のステータス画面を見比べている。

「ないのよ！　あなたのステータス画面には、ＭＰと魔力の項目が！」

え？　そうなの？

ていうか、普通はあるの？

もしかして皆使えたりするの？

……魔法を？

「あの～ちょっと尋《たず》ねたいんだけど、アリアスって、さっき魔法を使ってたかな？」

アリアスは一瞬何を問われたのかわからないといった表情をしたものの、すぐに理解したらしく、質問に答えてくれた。

「あ、ああ、メルアやあなたが怪我《けが》をしたとき、わたしが治癒《ちゆ》魔法を使ったことを言っているのね？」

「あ、やっぱりそうなんだ……あれって本当に魔法だったんだ……」

「もしかして、あなたが元いた世界には魔法がなかったの？」

アリアスが眉根《まゆね》を寄せて僕に問いかけた。

僕はうなずいた。

「うん。なかった。だから驚いたんだ」

「そう……だからかしら、あなたのステータス画面にＭＰも魔力も記載されていないのは」

「かもしれない。元々の素質がないってことなのかも……」

僕は、改めて自分のステータス画面をまじまじと見つめる。

だが、僕には他にも色々と聞きたいことがある。

「あの、ところでアーティファクトって何？　どうやらこれがそうらしいんだけど……」

僕は傍《かたわ》らに置いていた蒼龍槍を見せると、皆驚きの表情を浮かべた。

中でもギャレットはひどく食いつく。

「おいっ！　これをどこで手に入れた！」

僕はギャレットの勢いに押され、慌《あわ》てて答えた。

「えっと、これは、先ほどの戦いで手に入れたものです。帝国軍の中にソウザという者がいて、彼が持っていたんです」

ギャレットは僕の返事を聞いて、眉《まゆ》をひそめて考え込んだ。

「ソウザ……ソウザ……確か聞いたことがあるぞ。帝国軍最強とうたわれるグリンワルド師団の中で、異彩を放つ黒蛇隊《こくじゃたい》なる部隊があるらしい。その部隊を率いる男の名が、確かソウザだったはずだ」

黒蛇隊か。だったら間違いなさそうだ。

「たぶんその人です。彼から奪いました」

「そうだったのか。ところでカズマよ、この槍の名を知っているか？」

「はい。蒼龍槍と言っていました」

「うむ。その通りだ」

「皆さんはこの蒼龍槍のことをよく知っているみたいですね？」

全員がこくりとうなずく。

「その蒼龍槍は、我がアルデバラン王国の秘宝の一つなのです」

皆を代表して、アリアスが答えた。

えっ？　本当に？

僕は驚き、ギャレットを見た。

ギャレットがうなずく。

「殿下の仰《おつしゃ》る通りだ」

「あ、いや、僕は……その、今言ったソウザから……」

僕が慌《あわ》てて弁明しようとすると、笑みを浮かべたギャレットが制する。

「わかっている。おそらく、そのソウザが我らが王宮に乗り込み、宝物殿から奪い去ったものであろう」

そうか。そういうことか。

だから、ソウザはこの槍の扱いに慣れていなかったのか。

いや、そんなことより、本来の持ち主に返さなきゃ。

「あの、これを」

僕は、蒼龍槍をアリアスの前に差し出した。

だが、アリアスはにこりと笑って押しとどめる。

「これも神様のお導きでしょう。我らの宝物が巡り巡ってカズマの手に渡り、わたしたちを護《まも》ってくれたのですから。これからもどうか、その蒼龍槍を振るい、わたしたちを護《まも》ってください」

言い終えてから、アリアスは再びにこっと笑った。

僕は、またしてもギャレットを見た。

ギャレットもにこりと微笑《ほほえ》む。

「殿下から下賜《かし》されたのだ。受け取るがよい」

僕はアリアスに深く頭を下げると、蒼龍槍を傍《かたわ》らに置こうとしたのだが、ある部分がとても気になってしまった。

毒を出すように改造されたところを取り外したいな。

「あの、この部分なんですけど……」

僕は、ソウザが改造したところを指し示した。

するとギャレットが、眉間《みけん》にしわを寄せた。

「なんだこれは！　奇妙なものを貼りつけているな……」

「この突起を押すと毒が出るように、ソウザが改造していて……」

ギャレットが突然、顔を真っ赤にして怒り出した。

「許せん！　アーティファクトに対してなんという……うん？　なんだこんなもの、ただ接着剤で貼りつけただけではないか。これならば容易に取れるはずだ」

ギャレットはそう言うと、突起物を力任せに引っぺがした。

え？　いくらなんでもあまりに雑じゃ……というかこれ……

「あの、これ、毒を仕込んでいるから気をつけないと」

僕が注意するも、ギャレットはお構いなしだった。

「大丈夫だ。心配するな」

ギャレットはそう言って、強引に作業を進める。

柄《え》の部分から穂先《ほさき》に向かって伸びる管も、ビリッビリッと全て引き剥《は》がした。

「よし！　とりあえずはこれでいいだろう。あとは磨《みが》いて接着剤の残りかすを落とせばいいぞ」

かなり無茶ではあったが、だいぶ見栄えがよくなった。

「どうも、ありがとうございます」

僕は満足して、蒼龍槍を傍《かたわ》らに置いた。

だが、ギャレットがふいに表情を曇らせる。

アリアスもそのことに気づいた。

「どうしましたか、ギャレット？」

「カズマの話によれば、先ほど戦ったのはソウザの黒蛇隊。そうなりますと、我らを追っているのはグリンワルド師団ということになると思いまして……」

「そうなりますね」

アリアスも厳しい表情になった。

グリンワルド師団……ギャレットによれば、帝国軍最強らしい。

「グリンワルド師団ってそんなに強いんですか？」

僕が尋《たず》ねると、ギャレットは重々しくうなずいた。

「うむ。近隣諸国の中でも間違いなく最強の師団だろう。今回の侵攻でも、グリンワルド師団が先陣を切って攻め込んできたと聞く。その際、不意打ちを食らったということもあるが、グリンワルド師団の圧倒的な力の前に、わが同胞《どうほう》はことごとく蹴散らされ、なす術《すべ》がなかったと聞いている」

「そうだったんですね。だとすると、この先も大変ですね」

「うむ。間違いなく最悪の相手だからな……」

ギャレットは顔を伏せてしばし考え込んだ。

僕がその様子を見ていると、ギャレットは少しして顔を上げた。

「そういえば、アーティファクトの説明だったたな」

「あ、はい」

「アーティファクトは、神々が作られたと伝承されているものを言う」

え？　神々？

僕が驚いていると、アリアスが補足してくれた。

「神々が戯《たわむ》れにお作りになったものだと言われているの。そのほとんどが、武器か防具らしいわよ。この蒼龍槍もそうね」

そうだったのか。

神々が……って、神々？

いるの？　神様……本当に？

余計にわからなくなってきた……。ここは一旦、置いておこう。

「ところでアリアス、アルデバラン王国のことを聞いてもいい？」

僕は少し遠慮がちにアリアスに問いかけた。

「うん」

彼女は少し暗い表情になったけれど、やっぱりこれはある程度聞いておかないといけない。

「アルデバラン王国はいきなりベルガン帝国に攻め込まれたんだよね？」

「そう。あれは、あなたと出会った日から数えて、三日前の明け方だったわ。いきなり国境を越えて攻め込んできたの」

「明け方か……まだ暗いから混乱しそうだね」

「ええ、その通りよ。実際国境守備軍は混乱して、壊滅的打撃を受けたというわ」

「そこから一気に？」

「ええ。ベルガン帝国は軍事大国だから、本気で侵攻されてひとたまりもなかったの」

「そっか……それで……その聞きづらいんだけど、アリアスのお父さん？　つまりはその……」

僕が言いにくそうにしているのを、アリアスが察して答えた。

「国王陛下《へいか》は亡くなられたわ。王妃殿下も皆……王太子だった兄も亡くなったと聞いたわ」

「そう……大変だったね。いや、今も大変なんだけど……」

「ううん……大丈夫よ、ありがとう」

アリアスはそう言うと、空を見上げて遠い目をした。

「……兄さまはご無事かしら……」

アリアスのつぶやきを聞き、僕は首を傾《かし》げた。

「兄さまって……その、王太子は亡くなられたんじゃ？」

すると、我に返ったアリアスが答えた。

「ああ、違うの。兄上……王太子殿下とは別に、わたしが兄さまって呼んでいる人がいるのよ」

「あ、そういうこと。兄弟ではないの？」

「うん。違う。いとこ。父上の弟の子にあたるわ」

「その兄さまは生きているかもしれないんだ?」

「ええ。ベルガン帝国が攻め込んできたとき、兄さまは領地に帰っていたから、王宮にはいなかったの」

「そうか。無事だといいね」

「うん、近しい人は皆亡くなってしまったから……せめて、兄さまだけでも生きていてくれたら……」

アリアスはそう言って再び遠い目をした。

だが突然、アリアスの様子がおかしくなった。

両手で頭を抱えて、苦しそうにうめき声を上げる。

僕たちは驚き、侍女たちがアリアスの身体を支え、そしてギャレットが呼びかけた。

「どうされましたか、殿下! 殿下!」

「……兄さま……何? ……ここはどこなの? ……何をしているの……やめて……怖いわ……いや、やめて!」

アリアスはうわ言のようにつぶやき、最後は叫《さけ》んだ。

そこで彼女は我に返ったようだ。

「大丈夫、アリアス?」

僕が問いかけるけど、アリアスは呆《ほう》けた顔をしている。

「アリアス、ねえ、大丈夫なの？」

アリアスはこくりとうなずいた。

「大丈夫……急に夢みたいな不思議な光景が頭に浮かんできたの」

「夢？　兄さまが出てくる光景？」

「ええ、そう……何やらおかしな……」

「どんな光景だったの？」

僕の問いに、アリアスは思い返しながら答える。

「暗い部屋に十人くらいの人がいて……ただ、その人たちは皆、マスクを被《かぶ》って顔を隠していたわ……わたしはベッドに寝かされていて、動けないの。そして、そのマスクを被《かぶ》った人の一人が、わたしに近づいてきたの。その人はベッドのすぐ横に来ると、マスクを取ったわ。すると、その人は……兄さまだった……」

「え？　兄さまがマスクを被《かぶ》った内の一人だったの？」

「そう。それでわたし、怖くなって兄さまに訴えたわ……そうしたら、いつもの笑顔をわたしに見せて、言ったの」

「なんて？」

「大丈夫、心配はいらないよって……」

「それで？」

「そこで気がついたの。あれは一体なんだったのかしら？」

ギャレットが心底安堵《あんど》したように深いため息をついて、言った。

「ふう～、殿下、驚かせないでください」

アリアスは軽く笑みを見せる。

「ええ、そうね。ごめんなさい。心配をかけたようね」

侍女たちも笑顔でうなずきあう。

でも、僕は笑えなかった。

……おかしい。もしかして、何かのフラッシュバックだろうか。

だとすると、現実に起きた出来事の可能性が……

そのとき、僕の顔を覗《のぞ》き込むように、アリアスが言った。

「ねえ、ちょっと魔法を試してみる？」

僕は深い思案の途中であったため、よく聞こえなかった。

「うん？　何が？」

「魔法よ。よかったらわたしが教えようかと思って。今はＭＰも魔力もステータス画面に記載がないけど、それはまだ魔法に触れていないからじゃないかと思うの。だからどうかな、やってみない？」

ギャレットも横から自らの膝《ひざ》をポンと叩《たた》いて言った。

「妙案ですな。カズマは今現在でもすさまじい力を発揮していますが、ここに魔法の力が加われば、さぞや凄《すご》いこととなるでしょう」

なるほど、そうか。試してみる価値はありそうだ。

「わかりました。よろしくお願いします」

そうして僕は、魔法習得にチャレンジすることになった。

「任せて。こと魔法に関しては、ギャレットよりも誰よりも、わたしの方が得意なんだから」

アリアスはにっこりと笑みを浮かべて得意げに言う。

「そうなんですか？」

僕はギャレットに問いかけた。

ギャレットは笑ってうなずく。

「うむ。事実だ。我々、今いる護衛隊員は、物理攻撃に特化している者がほとんどでな。魔法に関してはほとんど使えんのだ。……無論、護衛隊員の中にも魔法に特化した者はおったのだが、その者らはすでに……」

話していくにつれ、ギャレットは悔しそうに顔を歪《ゆが》めた。
よし、ならば今いる者たちで一番魔法が得意だというアリアスにご教授願おう。
「どうしたらいい？」
僕はアリアスに全てをゆだねるつもりで聞いた。
アリアスは答える。
「心の中に火を灯《とも》してみて」
え……心の中に？
僕が戸惑《とまど》っているのを見て取ったアリアスが、くすりと笑った。
「とりあえずやってみて。目を閉じて、まずは暗闇にいるところを想像するの」
僕は言われるがまま、目を閉じた。
まず、自分が暗闇の中にいるとイメージする。
そして、暗闇に浮かび上がる燭台《しょくだい》。
台の上に白く浮き上がる蝋燭《ろうそく》。
どこからかマッチを取り出し、勢いよく擦る。
マッチの先端で燃える炎。
その炎で、蝋燭《ろうそく》の芯に火をつける……ついた。火が灯《とも》った。

「火がついたよ」

すると、アリアスが言った。

「そのイメージを持ったまま、目を開けて。ゆっくりよ」

僕は言われるがままに少しずつ目を開いた。

アリアスが穏やかな声で続ける。

「両手を開いて手のひらを上に向けて。こんな感じで」

アリアスは言葉と同じ姿勢をとる。

「水をすくって飲もうとする感じね」

僕は心を落ち着けて、手のひらを上に向ける。

僕が指示されたポーズになったところで、アリアスが続ける。

「それじゃあ、実際に火を灯《とも》してみましょう。手のひらの上に火を現出させるの」

「手のひらの上に？」

「そう。先ほど暗闇の中で火を灯《とも》したように、手のひらの上に火を灯《とも》すの。目を瞑《つぶ》ってしっかりとイメージして」

僕はうなずくと目を閉じ、手のひらを燭台《しょくだい》に見立てて、その上に蝋燭《ろうそく》を置くイメージをした。

そしてゆっくりマッチを擦り、芯《しん》に火を灯《とも》す。

ボワッ。

ついた。火がついた。

だが、目を開いてみても、僕の手のひらは何も変化していなかった。

「ダメだ。イメージでは火がついたんだけど……」

「そう。じゃあ、もう一回やってみましょう。ゆっくりと瞼《まぶた》を閉じて」

僕は言われるまま、何度も試みた。

だが結局ダメだった。

アリアスは首を傾《かし》げる。

「う～ん、ダメか……ねえ、もう一度ステータス画面を見せてくれないかしら？　何かしらのヒントがあるかも……」

僕はうなずき、ステータス画面を開いた。

アリアスはそれを覗《のぞ》き込む。

「それにしても、凄《すご》いステータス画面ね……」

「そうかな？　僕にはよくわからないけど……」

「凄《すご》いわよ。あなたと同じくらいの年齢でこんなステータスを持っている人なんて、アルデバランはもちろん、世界中を探してもたぶん見当たらないと思うわ」

「……そうなんだ……」

だがそう言われても、僕にはなんの実感もなかった。

「ページをめくってもらってもいい？」

僕は言われた通りに、ステータス画面をめくっていく。

「やっぱり凄《すご》い……色んなスキルについても、レベルが信じられないことになってる……」

それを見ていたアリアスが、突然大きな声で叫《さけ》んだ。

「ちょっと待って！　えっ！　えっ！　どういうこと？」

アリアスの大声にギャレットが驚き、彼女を見た。

「どうされましたか、殿下！」

アリアスは興奮気味に、僕のステータス画面を指し示した。

「見て！　必要経験値の欄《らん》を見て！」

僕もギャレットも、言われてステータス画面を覗《のぞ》き込んだ。

僕にはなんのことかわからなかったが、ギャレットは驚きの声を上げた。

「なんとっー！　これは一体……」

やっぱり僕にはわけがわからない。

「あの……何か問題でも……」

アリアスは驚愕《きょうがく》の表情を僕に向ける。

「見てわからない？　あなたの必要経験値が、全部１になっているのよ！」

必要経験値が全部１？

よくわからない……

僕がきょとんとしていると、ギャレットも興奮気味に言った。

「次にレベルアップするための必要経験値が１だけ、ということだ。これはどのスキルでも、どのレベルでも同じだった。このことがどういう意味を持つかわからないか？」

え〜と、次のレベルになるために必要な経験値が、ずっと１だけでいいってことか？

つまり――

「そうか！　それで、僕のレベルはこんなに高いんだ！」

「そうよ！　こんな見たこともない高い数値を持てているのは、必要経験値が常に１だからなのよ！」

そうか、そうだったのか。

だから、戦闘中もどんどんレベルアップできたんだ。

これは結構凄《すご》いことかもしれない。

元の世界で遊んだロールプレイングゲームは、初めの頃はサクサクとレベルが上がっていくけど、レベルが上がるごとに必要経験値がどんどん大きくなっていく。最後の方では、レベルを一つ上げるのに十何時間もかかってしまうことだってある。

だけどもしも、どこまでも必要経験値が1で済むのだとしたら、ほぼ無限に強くなれるじゃないか。

確かに、アリアスたちが驚くのも無理はない。

僕自身もこれは驚きだ。

だけど、我が事ながら、どうしてこんな能力が……

「あなたって人は、何度わたしたちをびっくりさせたら気が済むのかしら……」

アリアスが呆《あき》れ顔で言った。

僕はなぜだか褒《ほ》められている気がして照れてしまう。

「いやあ、そんなつもりはないんだけど……」

「わかっているわ。あなたはこの世界に迷い込んでしまった人だものね」

そう、僕は迷い人だ。

なぜこの世界に、こんな凄《すご》い能力を持ってきてしまったのか。

いや、あるいは来させられたのか……

僕がまた思考の海に潜ろうとしたら、アリアスが急に頭を下げた。

「ごめんなさい。この世界に無関係なあなたを、ベルガンとの戦いに巻き込んでしまって……」

僕は手を振って否定した。

「ううん、気にしないでいいよ。よくはわからないし、なんとなくだけど、これが運命だったと思うんだ」

「ありがとう。本当に感謝するわ。あなたがいてくれなかったら、わたしたちはもうすでにこの世の者ではなかったと思う。どれだけ感謝してもしきれないほどよ」

「そんなに気にしなくていいってば」

僕は感謝されるのに慣れていないため、なんだかくすぐったかった。

ここでアリアスが、さらに申し訳なさそうな顔をする。

「それに、グランルビーまで……あれがあれば、王国再建のための充分な資金ができるわ」

「そうか。あれを売って資金にすればいいんだ」

「ええ。オルダナ王国にこのまま無事逃れられたら、きっと大切に使わせてもらうわね。本当にありがとう」

すると、そばに控《ひか》えるギャレットや侍女も深々と頭を下げた。

「いいってば……あれは別に僕のものじゃないし。そもそも、あれはアルデバラン王国の領土にあったものなわけだから、アリアスのものだよ」

しかし、アリアスが大きく首を横に振る。

「いいえ、あんな鉱床は発見されていなかった。だから、本来ならあなたはあれを独占できたの。でも、あなたはそうはせず、快《こころよ》くわたしたちに提供してくれた。本当に何から何まで……ありがとう」

照れてどうしようもなくなった僕は、なんとか話を変えようとした。

「そうだ。僕らはオルダナ王国に向かっているんだよね？」

「ええ。そうよ」

「オルダナ王国は、アルデバラン王国とはどういう関係なの？」

「わたしの叔母様……亡くなられた国王陛下《へいか》の妹に当たる方が、オルダナ国王に嫁《とつ》いでいるの」

「なるほど、強い血縁関係があるってわけだ」

「ええ、叔母様ならきっと力になってくださるわ」

「アリアスと叔母様って仲がいいの？」

アリアスはは溢《あふ》れんばかりの笑顔を見せた。

「とっても仲がいいわ！　わたしが子供の頃、それはもうとても可愛《かわい》がってくださったの」

「そうなんだ。じゃあ安心だ」

「ええ、なんとかこのままオルダナ王国へ逃げ込めればの話だけど――」

そのとき、僕の耳に嫌な音が飛び込んできた。

「馬の蹄《ひづめ》の音だ！」

「本当か？　何も聞こえないが……」

ギャレットがあたりを見回し、怪訝《けげん》そうな顔をする。

他の皆もまだ聞こえていないようだ。

だが構ってはいられない。

僕は馬車を修理している護衛隊員たちのところへ走っていく。

「修理をやめて隠れてください。おそらく帝国軍です」

護衛隊員たちの耳にもまだ届いてはいなかったようだが、彼らはすぐに僕に従ってくれた。

馬車に枝葉を被《かぶ》せて、カモフラージュする。

僕はアリアスたちのもとに戻り、街道から見えない場所へ避難してもらうことにした。

「こっちへ」

僕の真剣な表情に、彼女たちもすぐに従ってくれた。

そして街道から見えないところに僕たちが隠れた頃、皆の耳にも馬蹄《ばてい》の音が聞こえてきたようだ。

「……本当だ。馬の蹄《ひづめ》の音が……さらなる追っ手か……」

僕たちの休息が終わったことを悟る。

たくさんの馬が地響きを立てて迫りくる中、僕たちは木陰でじっと息を潜《ひそ》めていた。
硬い地面を蹄《ひづめ》が激しく削《けず》っていく音と、自らの胸の高鳴りとが同期する。
来る！
だんだんと近づいてくる。
何騎だ？
さっきより多いのか？
だとしたらまずいな。
まず、とにかく見つからないことだ。
そうすれば何も問題はないんだから。
けたたましい馬蹄《ばてい》の音がさらに近づいてくる。
カッカッカッカッ！
先頭の騎馬が街道をすさまじい速さで駆け抜けていく。
そして、それに負けじと騎馬が殺到《さっとう》する。
まずい、さっきの騎馬隊より遥《はる》かに多い！
ダメだ。見つかったらまずい！

傍《かたわ》らのアリアスを横目でチラリと見た。
彼女は、胸の前で手を握《にぎ》り、しきりに祈っている。
祈る気持ちはわかる。
僕も同じ気持ちだ。
次々と駆け抜けていく騎馬。
大丈夫。見つかりはしない。
馬車は枝葉で上手く隠してある。
息を潜《ひそ》めていればやりすごせるはずだ。
地響きが果てしなく続く。
まだか？　まだいるのか？
時間が遅く感じる。
だが、次第に地響きが収まってきた。
抜けたか？
通り抜けたのか？
僕は見つからないように慎重に街道を覗《のぞ》き込む。
遠くで騎馬の隊列が切れているのが見えた。

あれが最後尾だ。
あの馬が抜けたら……
カッカッカッ！
最後の騎馬が鮮やかに駆け抜けていく。
だがそのとき――
ガッ！　ゴゴンッ！
修理中であった馬車の車輪が外れて落ちた。
なんてことだ！
僕らの誰もが祈った。
最後の騎士は気づいたのか？
それとも……
遠くで馬のいななきが聞こえる。
あれは……
カッカッカッ！
一騎戻ってきた！
いや、一騎だけじゃない！

ガッガッガッガッ！

十騎はいる！

「ここだ！　このあたりで何か音がしたんだ！」

「よしっ！　捜せっ！」

十人ほどの騎士たちが下馬し、わらわらと草むらを捜索しはじめた。

どうする？

ここで彼らを倒しても、その前に合図を送られてしまったら全軍が戻ってくることになる。

どうしたら？

ダメかもしれない……どうしたって逃げられないのかも……

だがそこで、突然頭の中に何者かの声が聞こえた。

『恐れることはない』

え？　誰だ？

『お前は超越者なのだ』

あのときの声だ。

僕は心の中で謎の声に問いかけた。

あなたは誰ですか、と。

だが声の主はその問いには答えず、言った。
『人間が何千、何万と束になったところで、お前の敵ではないのだ』
僕なら勝てる？　どんな大軍が相手でも？
だが声はまたも答えず、別のことを言った。
『いずれ、相まみえようぞ』
それっきり声は聞こえなくなった。
なんだったんだろう。
ただ、僕はなぜかその声に勇気づけられたらしく、徐々に闘志が湧《わ》いてきた。
そうだ。僕ならやれる！
これまでどんな相手だって勝ってきたじゃないか。
僕は決意を固めると、ギャレットに告げる。
「僕が行きます。皆さんはその隙《すき》に、この獣道から逃げてください」
しかし、ギャレットが僕の右手を掴《つか》んだ。
「ダメだ。やるなら、わたしたち皆で一気に片づけよう」
護衛隊員の皆もうなずく。
そのとき、さらに街道を引き返してくる馬の蹄《ひづめ》の音が聞こえた！

「気持ちは嬉しいんですが、ここは僕一人でなんとかします。他の騎馬も戻ってきました。僕ができるだけ時間を稼《かせ》ぎます！」

僕が告げた瞬間、一人の騎士が声を上げた。

「あったぞ！　馬車だ！」

「早く逃げて！」

そう叫《さけ》んだ僕は、意を決して飛び出した。

最も近くにいる騎士が僕を見ようと首を動かす。

だがそれよりも早く、僕は蒼龍槍で横に払った。

一瞬で吹き飛ぶ帝国軍騎士。

さあ、次だ。

僕は槍を構え直すと、近くの騎士に向かって駆ける。

そして再び槍で払った。

次いで三人目、四人目を倒すも、五人目の騎士に槍を振るったところで、警笛《けいてき》を鳴らされてしまった。

僕は思わず後ろを向いた。

ギャレットが嫌がるアリアスを連れ、獣道を行くのが見える。

よし！　あとはもう思う存分槍を振るうまで。

僕は、この場にいる帝国軍騎士たちを蒼龍槍で打ち倒していった。

そして最後の騎士を吹き飛ばした頃、砂煙《すなけむり》を上げて引き返してきた数十の帝国軍騎士が目に入る。

先頭にいるのは、あの男であった。

「貴様……どうして生きている！」

ソウザが馬上から僕を見るなり、信じられないといった顔で叫《さけ》ぶ。

遠くで馬蹄《ばてい》の音が轟《とどろ》いている。

どうやら、全軍でここに戻ってきつつあるらしい。

僕は気持ちを落ち着けてから、ソウザに言った。

「お前もやっぱり生きていたんだな」

「当たり前だ！　このソウザ・デグラント様がそう簡単に死ぬかよっ！　それよりも、なぜだ！　なぜお前は生きている！　あの毒は古《いにしえ》の蟲毒《こどく》だぞ。解毒できるはずがない！」

「僕にはよくわからないよ。ただ、気づいたら解毒していただけだ」

「ん～な馬鹿なっ！　あり得るかっ！　あほう！　絶対にないわっ！」

「そんなこと言われても、解毒できちゃったんだからしょうがないだろ」

「しょうがないだろ、じゃないわっ！　このボケっ！」

僕は少しムッとした。

「わからないものはわからないよ。とにかく解毒はできた。僕が今こうして立っていることがその証拠だろ」

「そんなこと聞いているんじゃないわ！　どうやって解毒したんだって聞いているんだよ！」

「だから知らないって！」

「くそ～、どうあっても喋《しゃべ》らないつもりか……」

どうやら何を言っても信用してはくれないらしい。

ま、別にいいけど。

ここでソウザが、僕が蒼龍槍を持っていることに気づいた。

「あーっ！　貴様、この俺の大事な蒼龍槍を持っているではないか。よし、返せ！」

「返すわけないだろう」

「なんだと！　……うん？　あーっ！　貴様、俺がせっかく改造したものを、元に戻しやがったな！」

「だって、あんなの必要ないし」

「毒の装置はどうしたんだ」

「捨てたよ。もちろん」

「くっ！　……苦労して改造したものを……」

「いや、あれ、ただ接着剤でくっつけただけじゃん」

「うるさい！　生意気《なまいき》な小僧《こぞう》め～。ここできっちりお前をぶっ殺して、蒼龍槍を取り返してやるからな！」

「やれるもんならやってみろ。僕はお前なんかには絶対に負けない！」

「き～～～～い、腹の立つ！　あ～、本当に腹の立つ小僧《こぞう》だ！」

ソウザはそう言って、勢いよく馬から飛び降りた。

そして見事に着地すると、お付きの部下から新たな槍を受け取った。

「ふん、元々俺はこの槍で戦ってきたのだ。今度こそ、貴様をこの槍の餌食《えじき》にしてくれるわ！」

しっかり腰を落として構えるソウザに対し、僕も蒼龍槍を両手で持って構えた。

「だから、お前なんかにやられてやる気はないって言っているだろ」

僕は軽く腰を落とし、ソウザの恐ろしく速い連撃に備える。

だがそのとき、新たに数十騎の騎馬が駆けてきた。

彼らは剣も鎧も、馬具ですら黒く、そして鎧の下に着込んだ黒服のところどころに美しく金糸で刺繍《ししゅう》している、実に煌《きら》びやかな一団であった。

中でも特に大柄《おおがら》で、顔を兜《かぶと》と一体化しているバイザーで覆い隠した騎士がおり、何やら異様な雰《ふん》囲気《いき》を醸《かも》し出していた。

その騎士が来たとき、あの尊大なソウザが緊張の面持ちに変わり、構えていた槍を下ろして頭を下げた。

僕が驚いていると、大柄《おおがら》の騎士はゆっくり下馬をした。

それから僕に向かって静かに歩いてきた。

やがて、ソウザを従えるように彼の前に出ると、言った。

「我が名はカイゼル・グリンワルド。お前の名は？」

カイゼル・グリンワルド！

ということは、ギャレットが言っていた帝国軍最強のグリンワルド師団の師団長その人ってわけか。バイザーのせいで威圧的な目しか見えないけど。

「僕の名は、カズマ・ナカミチ」

「そうか。先ほどはこのソウザを軽く退けたらしいな？」

「閣下！　そのようなことはございませぬ。先ほどは少々油断しただけのこと。もう一度戦えばわたくしの圧倒的勝利をご覧に入れます」

ソウザはむきになって反論した。

「油断？　お前は奥義の黒風靡爛《こっぷうびらん》を使って敗《やぶ》れたと聞いたぞ？」

カイゼルの言葉に、ソウザは黙った。

カイゼルは僕に向き直る。

「ソウザはこう見えてもAランクの騎士だ。そのソウザを破るとは、実に面白い」

「僕は面白くなんかないけど」

僕がそう言うと、バイザーの奥でカイゼルが笑ったように思えた。

ここで、横からソウザが割って入った。

「貴様、無礼だぞっ！　閣下に対して……」

「そんなの知らないよ。僕には関係ないし」

ソウザは苦々しげに僕を睨《にら》みつけながら、長広舌《ちょうこうぜつ》を振るう。

「ぐっ！　この御方をどなたと心得るかっ！　我がベルガン帝国において最強と謳《うた》われる師団を率いておられる将軍閣下であるぞ！　しかも、個人としても我が国に三人おられるSランク騎士の筆頭であらせられる御方だ！」

Sランク騎士……

レベル１０００以上の者に特別に与えられる称号と聞いた。

この男がそれか。

つまりは……今の僕より強いということか。

確かに、威圧感がある。

しかも、禍々《まがまが》しい印象を受ける。

「どうした？　Sランク騎士と聞いて怖気《おじけ》づいたわけでもあるまい」

当然だ。

今のところは僕より強いかもしれない。

だけど、僕がレベルアップに必要な経験値は1だけなんだ。

だから、戦っているうちにどんどんレベルが上がって、僕だってすぐにSランクの仲間入りだ。

「もちろん、怖気《おじけ》づいてなんかいないさ」

「そうか。それは重畳《ちょうじょう》」

カイゼルはそう言うと、ソウザに向き直った。

「お前たちは王女を捜せ。この者の相手はわたしがする」

カイゼルの指示に、ソウザは慌《あわ》てた。

「あ、いや、こいつはわたくしが責任を持って倒しますので、閣下は……」

だが、カイゼルは厳として言った。

「ソウザ、わたしに二度同じことを言わせるな」

「……はい。かしこまりました。では……」

ソウザは苦虫を噛《か》み潰《つぶ》したような顔で僕を睨《にら》みつつ、配下の者たちに告げる。

「王女はあの獣道に逃げ込んだはず！　追うぞ！」

そうはさせるか！

僕は蒼龍槍を構えて、ソウザたちの前に立ち塞《ふさ》がろうとした。

しかし――

次の瞬間、カイゼルがすさまじい闘気《オーラ》を自らの身体から放出した。

僕は総毛立ち、思わず振り向き、カイゼルに槍を向けた。

その隙《すき》をついて、ソウザ隊が僕の横を通りすぎてしまった。

しまった……でも、動けない。

なんていうすさまじい闘気《オーラ》だ。

全身からメラメラと炎が湧《わ》き上がっているかのようだ。

やはり、こいつは強い！

僕は、ギャレットたちがアリアスを連れて無事逃げてくれるよう祈りながら、カイゼルに相対《あいたい》した。

カイゼルの右手が、ゆっくりと腰の剣へ向かっていく。

そして剣の柄《つか》をむんずと握《にぎ》ると、これまたゆっくりと抜き放った。

漆黒《しっこく》の剣が陽光に妖しく煌《きら》めく。
これで臨戦態勢が整ったってわけか。
とにかく初撃を受け止めることだ。
そうすれば、きっとレベルアップするはずだ。
僕は腰を深く落とし、カイゼルの動きに集中した。
しかし、カイゼルは微動だにしない。
じりじりした時間が過ぎていく。
カイゼルの後ろに控《ひか》えた騎士たちも動かない。
カイゼルに絶対の信頼を置いているからだろう。
「ふう……」
僕は一度、肺に溜《た》めた息を大きく吐《は》き出した。
それでもカイゼルは動かない。
こちらの手持ちの武器は槍だ。相手の剣よりもずいぶんと長い。
だとしたら、こちらから攻めてみたらどうだろうか？
よし、そうしよう！　先手必勝だ！
僕は決めると、息を大きく吸い込もうとした。

だがその瞬間、突然カイゼルが動いた。
一気に間合いを詰め、僕に剣を向ける。
虚《きょ》をつかれた僕は、慌《あわ》てて槍を横に振るう。
だがカイゼルは、それを剣で容易《たやす》く弾き返した。
そんなっ！　これまで弾かれたことなんてなかったのに！
すさまじい勢いで迫るカイゼル。
剣を上段に構え直し、僕をめがけて勢いよく振り下ろした。
「くっ！」
僕は槍が弾かれた反動を利用し、その石突《いしづき》部分を頭上に掲《かか》げた。
漆黒《しっこく》の剣が蒼龍槍に襲いかかる。
すさまじい衝突音があたりに響く。
「ぐっ！」
物凄《ものすご》い膂力《りょりょく》だ。
僕の足が地面にめり込んでしまいそうだ。
だが全身の力を込めてなんとか耐える。
しばらくして、カイゼルがゆっくりと剣を引いた。

僕はそれに合わせて、後ろに大きく跳《と》んだ。

なんとか距離を取ると、大きく息を吐《は》き出した。

「ほう、やるな。このわたしの剣をまともに受けて無事で済むとは。どうやら、お前はわたしを楽しませてくれそうだな」

そう言うと、カイゼルは漆黒《しっこく》のバイザーの奥で笑った。

くっ！　痛い……今の一撃を受けただけで、まるで全身の筋肉がズタズタになったようだ。

だが負けるわけにはいかない。

「僕は、あなたを楽しませるためにここにいるわけじゃない！」

「ほう、王女を護《まも》るためにいると言いたいのだな？」

カイゼルはバイザーの奥の瞳を煌《きら》めかせた。

「そうだ！」

「一つ尋《たず》ねるが、お前は何者だ？　どこから現れたのだ？」

僕は答えに窮《きゅう》した。

「どこからって……別にあなたに言う必要はないよ」

「そうか。我が軍の情報網には、お前のような存在は上がってはおらなんだのでな、興味が湧《わ》いた」

「僕はあなたに興味はない。さっさと倒してソウザを追わなきゃならないからね」

すると、カイゼルが呵々《かか》と笑った。

「わたしをさっさと倒すか。面白い。では、やってみせろ」

瞬間、彼は再びすさまじい闘気《オーラ》を発した。

くっ！　なんて闘気《オーラ》だ。全身の肌《はだ》が切り裂かれそうだ。

だが、やられてばかりでなるものか！

僕は丹田《たんでん》に力を入れると気合を込め、見よう見まねで闘気《オーラ》を発してみた。

カイゼルの炎が渦巻《うずま》くような闘気《オーラ》と、僕の身体から発せられた虹色《にじいろ》に輝く闘気《オーラ》のようなものがぶつかった。

あ、出たかも、闘気《オーラ》。

僕は自らの身体から湧《わ》き出る虹色の美しい輝きに目を奪われた。

凄《すご》く綺麗《きれい》なんだけど……これって、本当に闘気《オーラ》なのかな？

カイゼルのものとはだいぶ違うな……

しばらくして、カイゼルが闘気《オーラ》を放出するのをやめた。

僕も丹田《たんでん》に力を込めるのをやめると、虹色の輝きは消えていった。

カイゼルの仮面の奥にある目が、驚いているように見える。

さらに、後ろに控《ひか》えているカイゼル配下の騎士たちも、驚愕《きょうがく》の表情を浮かべていた。

どうやら本当に、あの虹色の輝きは闘気《オーラ》だったらしい。

僕はカイゼルに向かって、少し誇らしげに言った。

「どうだ！」

「見事だ。まさかこのわたしの闘気《オーラ》を跳《は》ね返すとはな。しかも、あのような見たこともない虹色の闘気《オーラ》でな」

カイゼルはうなずき、軽く笑った。

同時にバイザーの奥の瞳がギラリと妖しく光る。

僕が警戒して腰を落とすと、カイゼルは言う。

「これは本気でいかねばならぬようだ。そうでなければ、わたしがやられてしまう」

カイゼルの言葉を聞いた後ろの騎士たちがざわめいた。

おそらく、彼がこのようなことを言ったのは初めてなのだろう。

次は本気で来る。

僕はカイゼルをいきなり本気にさせたことを少し後悔した。

だが、時は待ってくれない。

カイゼルが剣を僕に向けた。

やるしかない！
なんとか受けきってレベルアップするんだ！
僕は、ゆっくりと息を吸い込んだ。
カイゼルが一歩前へ踏み出す。
それに合わせて、僕は一歩下がった。
やはり圧が強い。
それに、次の一手がどんなものなのかがわからない。
相手は僕より格上のSランク。
どうしても慎重にならざるを得ない。
カイゼルがゆっくりと剣を下段に構える。
下から斬り上げるつもりか。
しかし僕は、下段からの攻撃をどうやったら槍でさばけるのかがわからなかった。
槍の穂先《ほさき》を下に向ければいいのか？
それとも構わず、カイゼルの胸元を突いたらいいのか？
僕が迷っていると、カイゼルが鋭い踏み込みで猛然と突き進んできた。
「くっ！」

僕は思わず、カイゼルの胸元をめがけて蒼龍槍を突き出した。

だが瞬間、彼の姿が視界から消えた。

まずい！

僕は咄嗟《とっさ》に右方向に向かって思いっきり跳《と》んだ。

ほんの一瞬前に僕がいたところを、突如現れたカイゼルの剣が斬り上げた。

僕は着地するや体勢を整え、蒼龍槍を力いっぱいに振るった。

カイゼルはいとも簡単に剣で受け止めた。

すさまじい金属の衝突音が響くと同時に、槍を握《にぎ》った僕の手が痺《しび》れる。

吹き飛ばない！　やはり強い！

カイゼルは、僕の槍を受けるときに立てていた剣を、そのまま槍にそって滑《すべ》らせながら僕に迫ってきた。

金属でできた蒼龍槍の柄《え》を、カイゼルの剣がシャーッと甲高《かんだか》い音を立てて擦《こす》る。

これはまずい！

僕はまたしても右方向に思いっきり跳《と》んだ。

カイゼルはそれを予期していたかのように僕について方向転換し、さらに追ってくる。

「くっ！」

僕は槍を左右に振りつつ、後ろや左右に何度も跳《と》び続けた。
だが、カイゼルは容赦《ようしゃ》なく僕を追ってくる。
このままではじり貧だ。
僕は意を決して、前に出た。
カイゼルは意表を突かれたのか、ふいに剣を立てた。
そこを僕が槍で突く。
カイゼルはその攻撃を、剣を打ち下ろすようにして払った。
僕は地面を強く踏みしめて耐える。
押されている槍を、全身の力を込めて持ち上げようとする。
一方のカイゼルも、全力で槍を叩《たた》き折らんと、上から剣で押さえつけてきた。
「むぐぅぅぅぅー！」
僕の口からうめき声が漏《も》れる。
「くっふぅー！」
カイゼルのバイザーの奥からも声が聞こえる。
両者の力と力がぶつかり合う。
どっちだ？

どっちが勝つ？

僕は身体中の血管がぶちぎれ、全ての筋肉が断裂してしまうのではないかというくらいの力で蒼龍槍を持ち上げた。

「ぐおぉりゃあぁー！」

僕の蒼龍槍が、次第にカイゼルの剣を押し返しはじめた。

「ぬぐるうあぁぁぁー！」

もはや、自分でもなんと言っているのかわからない雄叫《おたけ》びを上げる。

「どぅぇりゃあぁぁぁー！」

すると僕の蒼龍槍が完全に押し勝ち、さらにカイゼルを身体ごと吹き飛ばした。

「どうだあぁぁぁー！」

僕の声が周囲に響き渡る。

だが敵もさる者。カイゼルは吹き飛ばされたとはいえ、転ぶこともなく見事に着地していた。

「やるな。まさかこのわたしを吹き飛ばすとは……」

僕は顎《あご》を上げ、力強く言い放った。

「当然だ！　僕の力を見くびるな」

カイゼルが大きくうなずいた。

「そうだな。先ほど本気で行くと言っておきながら、まだそうではなかったことを詫《わ》びよう。次こそは本当に全力で行く。お前に敬意を表してな」

そう言うと、バイザーの奥でその瞳を爛々《らんらん》と輝かせた。

「ぶふぅ〜〜〜〜！」

僕は肺の中の空気を一気に吐《は》き出した。

強い！　めちゃめちゃ強い！

ちょい本気であれだったら、マジ本気だとどうなるんだ？

耐えきれるか？　レベルアップするまで僕は保《も》つのか？

僕はごくりと、一度大きくつばを呑《の》み込んだ。

同時に、カイゼルの闘気《オーラ》が突然一気に膨《ふく》れ上がった。

あたりの空気を巻き込み、渦《うず》となって、ついには暴風となった。

草木は揺らぎ、鳥たちは恐れから遠く飛び去っていった。

熱い……カイゼルの身体から発している闘気《オーラ》が熱を帯びているのか？

その熱風が、僕の頬《ほお》を撫《な》でる。

見ると、カイゼルの身体を中心に黒炎が渦《うず》を巻いている。まるで、台風を上空から覗《のぞ》き込んでいるかのようだ。

「では参る。我が究極奥義で葬《ほうむ》ろう」

カイゼルは、両手で剣を握《にぎ》って低く構えた。

「暴龍炎狂飆《ぼうりゅうえんきょうひょう》！」

渦巻《うずま》いていた黒炎が一斉に僕をめがけて襲ってきた。

猛り狂う炎に、僕はたまらず後方に向かって全力で跳《と》んだ。

だが、炎の渦《うず》はすさまじい勢いで僕を追いかけてくる。

避けなきゃ！

僕は着地と同時に、すかさず右方向へ跳《と》んだ。

僕の髪を、肩を、炎がかすめて焼き焦《こ》がす。

だがなんとか躱《かわ》せた！

と思ったのもつかの間、目の前に黒い塊《かたまり》が！

それは、剣を振りかぶったカイゼルであった。

大上段から振り下ろされようとする剣。

僕も右手に握《にぎ》った蒼龍槍を振り上げようと試みるも、身体が右に流れて間に合いそうもない。

どうする？　どうする!?

僕は流れる身体に逆らわず、迫りくるカイゼルの腹を左足で力強く蹴った。

肉と肉とがぶつかり合う鈍《にぶ》い音を立てて、カイゼルの身体が僕から離れていく。

しかし、カイゼルの剣は止まらない。

すさまじい斬撃が振り下ろされる。

カイゼルの剣が、僕の左足を斬る。

ふくらはぎに強い痛みが奔《はし》る。

「くぅっ！」

僕は斬られた左足を確認することなく、カイゼルと距離を取ろうと、右足で地面を蹴った。

とにかく離れなきゃ！

僕は空中で体勢を整え、蹴った右足のみで着地しようとした。

右足に力を込めて接地する。

けれど、勢いがあるため、身体が右方向に流れる。

僕はたたらを踏むようにしてなんとか止まった。

そして、ゆっくり左足を地面につけようとする。

瞬間、激痛が僕を襲う。

「ぐっ！」

僕がおそるおそる左足を見ると、ふくらはぎから滝のように血が流れ出ている。

ざっくり斬られた！
僕がカイゼルを確認しようと顔を上げたら――目前まで黒炎が迫っていた。
「くっ！」
僕は身体を右方向に倒し、またも右足一本で地面を蹴ろうとした。
だが間に合わなかった。
黒炎はあっという間に僕を包み込み、散々に焼き焦《こ》がした。
「ぐぅぅぅ……」
熱い！　たまらなく熱い！　それに苦しい！
僕は炎に包まれたことにより、酸素を失った。
息ができない。視界もない。
黒炎に包まれ、一面が漆黒《しっこく》の闇のようだ。
僕はこのまま焼け死ぬのか。
こんなに熱くて苦しい中で、死んでいくのか。
嫌だ。嫌だ。嫌だ！
こんなところで、こんな風には死にたくない。
まだだ、まだ死んでたまるか！

僕が心の中で叫《さけ》び声を上げたとき、ふと気づいた。
熱く……ない？
炎の温度が下がっている？
いや、違う！　違う！　違う！
レベルアップしたんだ！
だから、この熱にも耐えられるようになったんだ！
よしっ！　いけるぞ！　やっぱり僕のこの能力は最高だ！
ただ、いくらレベルアップしたとはいえ、この黒炎の中には酸素がない。
僕は右足に力を込めると、力強く地面を蹴った。
そして黒炎から脱するや否や、口を大きく開けて酸素をめいっぱい取り込む。
「ぶっはぁぁぁぁー！」
その後、右足一本で地面に着地してから、ゆっくりと息を吐《は》き出した。
「ふうぅぅぅー生き返ったー！」
戦いを見守っていたカイゼル麾下《きか》の騎士たちがどよめいた。
そしてカイゼルも——
「よもや、我が暴龍炎狂飆《ぼうりゅうえんきょうひょう》を耐えきるとは……」

どうやら驚いてくれているらしい。
本当は、今が攻撃に転じるチャンスなんだけど……
僕の左足は、残念ながら歩くのがやっとだ。
とてもじゃないけど、この怪我《けが》で一気呵成《いっきかせい》に攻め込むなんてできやしない。
すると、カイゼルがゆっくりとこちらに歩いてきた。
落ち着きを取り戻したようだ。
さて、どうする？
あの黒炎にはなんとか耐えられる。
でも、僕の左足を斬り裂いたあの強烈な斬撃には？
そちらを耐えるスキルやステータスもレベルアップしているのだろうか？
いや、レベルアップ自体はしているだろうけど、カイゼルのレベルを超えているのか？
僕のレベルは、ようやく1000を超えたくらいじゃないかと思う。
だとしたら、カイゼルの方がまだ上なのでは？
なぜなら、カイゼルは帝国に三人いるというSランクの筆頭だからだ。
レベル1000を超える三人の中でも、一番レベルが上に違いない。
レベルがいくつなのかはわからない。

だけど、ようやく1000を超えたばかりの僕よりは上なんじゃないだろうか？
僕の額に汗がにじむ。
カイゼルが少しずつ僕との距離を詰めてくる。
やるしかない。
レベル差がいくらあっても、そんなものは所詮《しょせん》目安にすぎない。
どれだけ差があろうと、関係ないんだ。
戦おう。
僕は蒼龍槍を両手でしっかりと握《にぎ》りしめると、迫るカイゼルを睨《にら》みつけた。
彼が口を開く。
「どうやって暴龍炎狂飆《ぼうりゅうえんきょうひょう》を脱したかは問わぬ。こうなれば、あとは剣技に頼るのみ」
剣を握《にぎ》るカイゼルの右手に力が入るのが見えた。
さらに、右手から上腕、そして肩へと力が伝わっていくのがわかる。
来るっ！
カイゼルが全身の力を右足に込めて地面を蹴った。
すさまじい速度でカイゼルが襲いかかってくる。
僕は、両手で握《にぎ》りしめた蒼龍槍を力任せに横に振るった。

「うおぉぉぉー！」

それを、カイゼルが叩《たた》き落とそうとする。

耳をつんざく金属音を立てて、カイゼルの剣と僕の蒼龍槍が火花を散らす。

「ぬんっ！」

カイゼルが剣を弾かれた反動のまま振りかぶり、次なる斬撃を上段から繰り出す。

僕も同じく、反動を利用して力いっぱい蒼龍槍を振り上げる。

再び響く激しい金属音。

僕の左足からは夥《おびただ》しい鮮血《せんけつ》が噴き出している。

だけど……互角だ。

それならば、痛みさえ我慢《がまん》すればいい。

僕は、ニヤリと笑みを漏《も》らしたらしい。

カイゼルが剣を振るいながら指摘する。

「何を笑っている！」

僕も槍を振るいつつ答えた。

「そのうちわかる！」

僕らは次々に五合、十合と斬り結んだ。

決着はまだつかない。

だが、次第に戦況は変わっていった。

「ふんっ！」

僕の渾身《こんしん》の力を込めた一振りが、カイゼルの剣を大きく弾く。

カイゼルは驚きつつも、なんとか体勢を立て直して剣を振るう。

それを僕の槍が簡単に受け止めた。

そこからは激しいせり合いとなるが、僕が力任せに槍を振るうと、カイゼルは宙に吹き飛んだ。

よしっ！

カイゼルは空中で体勢を整え、なんとか両足で着地することに成功する。

しかしバイザーの奥の瞳は、驚愕《きょうがく》により激しく揺れていた。

「……馬鹿な、このわたしが負けるだと……」

カイゼルは遠く吹き飛ばされた先で、震える声でつぶやく。

僕の異常に発達した聴力はそれを捉えていた。

どうやら勝負はついたらしい。

僕は思わず安堵《あんど》の息を漏《も》らした。

でも、すぐに思い出した。

そうだ！　アリアスたちを助けに行かなきゃ！

僕はアリアスたちが逃げた獣道へと歩き出した。

左足が火がついたように痛む。

でも、そんなことは言っていられない。

僕は左足を引きずりながら必死に歩いた。

急がなきゃ。

「どこへ行くつもりだっ！」

そんな僕を見て、カイゼルが怒りに声を震わせる。

「決着はついた。僕の勝ちだ」

僕は振り向きもせずに答えた。

「まだだ！　まだ勝負はついていない！」

「いくらやっても無駄だよ。それは、あなたが一番よくわかっているはずだ」

「黙れ！　勝負はまだ決してはいない！」

僕が振り返った瞬間、カイゼルの身体からすさまじい勢いで闘気《オーラ》が噴き出した。

まだやる気だ。

「むんっ！」

カイゼルがさらに気合を込めると、みるみるうちに闘気《オーラ》が大きくなっていく。

カイゼルの闘気《オーラ》は今までで最も大きく、そして激しく渦巻《うずま》いていた。

だけど――

「僕には、もう通じない。やるだけ無駄だ」

カイゼルは聞く耳を持たなかった。

「それは、やってみねばわかるまい！　食らえっ！　暴龍炎狂飆《ぼうりゅうえんきょうひょう》！」

カイゼル渾身《こんしん》の力を込めた暴龍炎狂飆《ぼうりゅうえんきょうひょう》が、僕に襲いかかってきた。

僕はそれを、避けもせずに受け止めた。

黒炎が僕を容赦《ようしゃ》なく燃やし尽くそうとするものの……

僕はあっさり黒炎から飛び出した。

そして右足一本で着地すると、痛い足を引きずって、カイゼルに近づく。

「僕は、アリアスたちを助けに行かなきゃいけないんだ。それを邪魔するというのならば、倒すまでだ！」

僕はカイゼルに向かって蒼龍槍を勢いよく突き出した。

カイゼルは、それを下段から斬り上げて弾こうとする。

だが、その試みは叶《かな》わなかった。

蒼龍槍は、カイゼルの斬撃の影響を受けずに突き進んだ。

結果、蒼龍槍はカイゼルの下腹部を貫いた。

「ぐぶっ！」

カイゼルがバイザーの隙間《すきま》から血反吐《ちへど》を吐《は》く。

戦いを見守っていた騎士たちが慌《あわ》てて駆け寄ろうとするが、まだ距離がある。

僕はカイゼルのお腹から蒼龍槍をゆっくり引き抜いた。

次の瞬間、カイゼルの右膝《みぎひざ》が折れた。

「ぶふっ！　……ぐふっ！」

片膝《かたひざ》を立てて必死に倒れまいとするカイゼルであったが、身体はぐらぐらと揺れている。

「カイゼル様！　お気を確かに！」

数人の騎士が駆けつけ、カイゼルの介抱《かいほう》をする。

僕は完全に勝負がついたと思い、その場を後にしようとした。

しかし、カイゼル麾下《きか》の騎士十数名に取り囲まれた。

「待て！　このまま黙って行かせると思うかっ！」

騎士の一人が、怒りに顔を真っ赤にして言った。

僕は彼らをギロリと睨《にら》みつけた。

「カイゼルでも敵《かな》わないのに、あなたたちが僕に勝てると思っているの？」

「勝てるか勝てないかではない！　そのような尺度《しゃくど》で戦うのではないわ！」

騎士は、腰の剣を抜き放った。

他の者たちも一斉に剣を抜く。

そんな中、意識がないであろうカイゼルは、数名の騎士たちによって運ばれていく。

僕はその様子を見ながら、仕方なく槍を振るうことに決めた。

「わかった。相手になるよ。かかってこい！」

僕が叫《さけ》ぶと、騎士たちは一斉に斬りかかってきた。

☆

「カズマ一人を残して行くなんて！」

アリアスが悲痛な声で訴える。

「王国再建が最優先事項です！　殿下、ここは耐えてください」

ギャレットが声を潜《ひそ》めつつ退けた。

「けれど……」

「生きてオルダナ王国にたどり着くのです。さすれば、王国再建への道筋も見えてまいります！」

アリアスは言葉に詰まり、無言になった。

そして、侍女たちに抱えられるようにして獣道へと入っていく。

だがしばらくして、追っ手の声が聞こえてきた。

「追え！　この先に必ずいるはずだ！」

ギャレットは焦《あせ》った。

自分たちが進む道は獣道であり、整備された道とは違う。

そのため、ところどころ草木が行く手を邪魔しており、ギャレットたちはそれを剣で刈《か》ってから進んでいたのだ。

それに対して追っ手の方は、切り倒された後を通るため、圧倒的に速い。

追いつかれるのは時間の問題だった。

「追え！　追え！　今頃この俺の声を聞いて恐怖に震えているぞ！」

この耳障《みみざわ》りな声に、ギャレットは聞き覚えがあった。

カズマと戦っていた、ソウザという酷薄な男だ。

あんな男に殿下を渡すわけにはいかん！

ギャレットはそう決意したが、それは彼だけではなかった。

護衛隊員たちは皆、ギャレットと心を一つにしていた。

「わたしがここに留まります」

一人の護衛隊員が申し出た。

すると、もう二人が同じ申し出をする。

「わたしも」

「わたしもここに」

ギャレットはつらい決断を下《くだ》すこととなった。

「……わかった。頼むぞ」

留まることを申し出た護衛隊員たちは、皆笑みを浮かべてうなずいた。

彼らはあくまで時間稼《かせ》ぎであった。

彼らも無論、相当な実力者たちである。

だが、カズマと一時互角に渡り合ったソウザを相手に、とてもではないが勝てるはずがなかった。

彼らは捨て駒《ごま》であり、死に兵であった。

彼らがそんな選択をしたのは、ひとえに王国再建という大願成就《じょうじゅ》のためであった。

王国の護衛兵として、国破れてもなお、その義務を果たさんとしていた。

しかし、アリアスが異を唱えた。

「待ちなさい！　どうするつもりなのです！」

護衛隊員はアリアスに対して笑みを向け、穏やかな声で言う。

「殿下、なにとぞ、アルデバラン王国再建をお果たしください。我らはそのための礎《いしずえ》にございます」

「そんな……いいえ、いけません！　皆で一緒に行くのです！」

「殿下、お言葉痛み入ります。我らも最後まで殿下のお供をしとうございましたが、ここでおさらばにございます」

男たちはその場に立ち止まった。

アリアスは涙をこらえきれず、ついに頬《ほお》を濡らした。

だが、それ以上彼女に言えることはなかった。

アリアスはここに留まる三人の護衛隊員の顔を忘れないようしっかりと見つめながら、ギャレットたちに抱えられつつ先へ進んだ。

護衛隊員たちは、アリアスが見えなくなるまで見送ってから、さっと踵《きびす》を返した。

そこへ、あの男が現れた。

「ほう……いるいる……決死の覚悟をしたやつらが三人……いいねえ、いいねえ、いい目をしているねえ、お前ら、俺の大好物だぜ」

舌なめずりをするソウザが現れた。

三名の護衛隊員は固まって身構える。

「それじゃあ、たっぷりと可愛《かわい》がってやるかねえ……ヒェッヒェッヒェッヒェッー！」

ソウザの耳障《みみざわ》りな笑い声が上がると同時に、三人の男たちの最後の戦いが始まった。


遠く背後から、激しい金属音が鳴り響いた。

始まったか。

頼む。できるだけ、できるだけ長い間、殿下を逃がすための時間を稼《かせ》いでくれ！

ギャレットは苦しい胸の内で祈った。

すると、残った護衛隊員三人が、彼に言う。

「では我らもここで」

ギャレットは走りながら、断腸《だんちょう》の思いでうなずいた。

「そうか……わかった。頼むぞ」

「はい。ギャレット様、あとは頼みます」

「うむ……うむ……なんとしても、殿下をオルダナへ送り届けてみせる」

そうして彼らも、捨て駒《ごま》となる道を選んだ。

アリアスは、またも涙をこらえきれなかった。

「あなたたちも……残るのですか」

「はい。殿下、どうぞいつまでもご健勝であられますことを。さすれば、いつの日か王国は再建されるかと存じます。なにとぞ、なにとぞその晴れの日までお健《すこ》やかに……」

護衛隊員はさわやかな笑みを浮かべて、その場に留まった。

護衛隊員は、アリアスの姿が見えなくなると、来た道を戻っていった。


はあ、はあ……

どこまで逃げただろう。

獣道を駆け抜けてきた。

途中に分岐《ぶんき》もなく、ひたすら一本道であった。

これはまずい。そろそろどこかで道を逸《そ》れて隠れた方がいいだろうか？

このままっすぐでは、いずれ……

ギャレットは先頭で草木をかき分けつつ、焦《あせ》り続けていた。

すると、突然道が開けた。

木々の間を抜けたのだ。

だがそこには――

ギャレットの視界を覆う巨大な岩肌が見えた。

しまった。この先は行き止まりだ。

右か、左か。

どちらかへ進むしかない。

確か左方向に行けば、オルダナ方面のはずだ。

しかし、敵も同じことを考えるだろう。

ならば、逆をついて右へ進むか。

それでは逆戻りだ。

部下たちを失ってしまった今、それはもう選択できない。

やはり左へ進むしかない。

ギャレットがそう決断したそのときだった。

「ヒューーーー！　いた、いた。ようやく会えたな。俺の獲物ちゃん」

ソウザが、十数名の配下たちとともに現れた。

ギャレットの全身から血の気が引く。

ソウザがここに現れたということは、自分の部下たちが皆やられてしまったということだ。

もはや、これ以上王女を護《まも》れない。

「くっ！　貴様……」

ギャレットは唇を噛《か》みしめる。

ソウザはその声を愉快な音曲のように聞いた。

「いいねえ、いいねえ。その絶望した表情……実にいいぞ、お前。ただ残念なのは……もう少し若ければ、もっとよかったんだけどなあ」

彼がゆっくりとギャレットたちに近づいてくる。

「お前が護衛隊長か？」

「だとしたらなんだ！」

ソウザの問いに、ギャレットが答えた。

「いやなに、お前の部下たちはよくやったよ。この俺をたっぷりと楽しませてくれたからな」

「くっ！　彼らはお前などを楽しませるために戦ったわけじゃない！」

「そうかい？　まあいいや、最後にお前も俺を楽しませてくれよ？　何せ、俺はあのクソガキをぶち殺すっていう褒美《ほうび》を取り上げられちまったんだからよ」

そこで、アリアスがたまらず叫《さけ》んだ。

「カズマはどうなったの？」

「知るかよっ！　カイゼルの野郎に、取られちまったんだからな！」

ソウザが吐《は》き捨てるように言った。

すると、ギャレットがその名前に反応した。

「カイゼル！　やはり、お前はカイゼル・グリンワルドが指揮する師団の者だったか」

ソウザはせせら笑った。

「ふん！　だからどうした。まあ、今は確かにグリンワルド師団の一部隊長にすぎない。だがな、俺はそんなところじゃ終わらないぜ。すぐに駆け上がって、いずれは師団長！　そして――」

ソウザは悦《えつ》に入った表情で興奮気味にそこまで言うと、突然我に返った。

「まあいいや、おい女、お前がアルデバラン王国の王女だろう？　お前だけは生かして連れて帰ってやるぜ。何せ、俺の出世の糧《かて》となるんだからな」

「嫌よ！　あんたなんかに捕まるものですか！」

アリアスは猛然と言い返した。

「キャーハッハー！　そんなこと言ったって、お前を護《まも》るやつはあと何人いるんだよ？　そこの女二人はただの侍女だろ？　だったら残るは……」

愉快そうなソウザは、そこでわざわざ言葉を区切ると、左手をすっと上げてギャレットを指さした。

「そこのおっさん一人じゃないかよ」

ギャレットは怒りの形相《ぎょうそう》で言い返す。

「わたし一人で充分だ。貴様はこのわたしが屠《ほふ》ってやる！」

「ヒャーヒャッヒャッヒャ！　面白いねえ、このおっさん、面白いこと言うねえ。それじゃあ……」

ソウザは配下の騎士から槍を受け取り、ブルンブルンと頭上で数回振り回すと、腋《わき》に収めて構えを決めた。

「おっさんのお手並み拝見といこうかねえ？」

ギャレットも腰に佩《は》いた剣をゆっくりと抜き叫《さけ》んだ。

「よかろう！　殿下はなんとしてでもこのわたしがお護《まも》りしてみせる！」

ギンッ！　ギッ！　ギャンッ！

金属と金属の衝突音が鳴り響く。

続いて、ソウザの不快な叫《さけ》び声が轟《とどろ》く。

「ヒャーハッハー！」

ギャレットはこの男の奇矯《ききょう》な攻撃に、防戦一方となっていた。

つ、強い！

それに速い！

なんという槍使いだ！
カズマはこんなとんでもない怪物と戦って勝ったのか！
ダメだ！　わたしでは相手にならん！
そのとき、ギャレットの右太ももをソウザの槍が貫いた。
「ぐっ！」
ギャレットはバランスを崩して倒れそうになるのを、必死で耐える。
だが、そこへソウザの連撃が襲いかかった。
「キャーハッハー！　どうした？　どうした？　こんなものか？」
ギャレットは必死にソウザの槍を剣で捌《さば》く。
けれど、ソウザの槍は少しずつギャレットの皮膚《ひふ》を斬り裂いていった。
身体のところどころから飛び散る鮮血《せんけつ》。
しかしどう見ても、ソウザは手加減していた。
ギャレットをいたぶっているのだ。
それは、ギャレットも承知していた。
すぐにとどめを刺されるよりもましだと、ギャレットは考えていた。
生きてさえいれば、反撃の機会が訪れるかもしれない。

ギャレットは自分がなぶり者にされようが、何をされようがどうでもよかった。

アリアスを護《まも》れさえすれば、オルダナ王国に送り届けることができさえすれば——アルデバラン王国が再建されさえすれば、自らの命がどうなろうと、たとえ自らの誇りが踏みにじられようと、どうでもよかった。

ギャレットは歯を食いしばり、必死で剣を振るう。

ソウザの槍には、一分《いちぶ》の隙《すき》もなかった。

「ヒャーハッハッハー！　いいな！　楽しいな！」

時が経つほどに、ギャレットの傷が増えていく。

アリアスは、自分を必死で護《まも》ろうとする護衛隊長の姿を見ていられなかった。

「……ああ、ギャレット……」

アリアスは顔を伏せた。

そこへ、アリアスを支える侍女のメルアがそっと囁《ささや》いた。

「姫様、お逃げください」

「何を言っているの、メルア！」

アリアスが驚いて問いかけた。

「わたくしたちは補助魔法を扱えます。それでなんとか、あの騎士たちを足止めしたいと存じます」

メルアが覚悟を決めた顔で言う。

ソウザ配下の騎士たちは、ヤジを飛ばしながら、ソウザとギャレットの戦いを見物している。

だが、アリアスは強く反発した。

「無理よ！　あなたたちのレベルであの男に魔法をかけられるとは思えない！」

メルアは首を横に振る。

「確かに、あのソウザという男には無理でしょう。ですが、後ろに控《ひか》えている騎士たちになら通じるかもしれません」

もう一人の侍女のルイーズもうなずいた。

「わたくしたちが力を合わせればきっと大丈夫です。ギャレット様があの男と戦っている間に、姫様はどうかお逃げください！」

「そんなことできないわ！」

しかし、メルアがアリアスの手をギュッと握《にぎ》りしめ、決意を固めた表情で言う。

「姫様！　この先をお一人で行かせますことをお許しください。ですが、姫様だけは生き延びていただかなくてはなりません。なにとぞ、なにとぞ、先へお進みください」

メルアは、ルイーズと視線を合わせた。互いにうなずき合うと、そっと目を瞑《つぶ》り、祈るように両手を胸の前で合わせ、呪文を唱えはじめた。

「見えざる闇夜よ、我に力を与えたまえ。我に仇《あだ》なす者らに、漆黒《しっこく》の闇夜を与えたまえ」

アリアスは、断腸《だんちょう》の思いで彼女たちを見つめた。

けれど、ここで立ち止まっていては、彼女たちの行為を無駄にしてしまうと思い、静かに動きはじめた。

すると、騎士たちが一斉にざわめき出した。

ただし、アリアスの動きを見てのものではない。

メルアとルイーズが騎士たちにかけた補助魔法は、ブラインドという視界を遮《さえぎ》るものであった。

騎士たちは、視界を突然奪われたことでざわめいたのだ。

ソウザがそのことに気づいた。

「おい！　どうした！　何を騒いでいる！　この俺がお楽しみ中だっていうのに！」

「ソ、ソウザ様！　目が……目が！」

「暗い！　目が、目が見えない！」

騎士たちが口々に叫《さけ》ぶ。

ソウザは舌打ちをした。

そして、二人の侍女の様子を見て、全てを悟った。

「情けねえやつらだ！　あんな小娘どもに魔法をかけられちまうとはな！」

ソウザは吐《は》き捨てると、また舌打ちをした。

「だがまあしょうがない。このおっさんをさっさと片づけて、次はあの女二人をいたぶってやることにしよう。でないと……」

ソウザは、逃げ出そうとするアリアスを視界にとらえた。

「王女様が逃げちまうからな」

すぐさま、槍の連撃速度を上げる。

「オリャオリャオリャオリャオリャー！」

ギャレットから噴き出す血飛沫《ちしぶき》が、一段と激しくなる。

「ぐっ！　くぅ……」

ギャレットはもはや限界に達していた。

そのとき、怪我《けが》をしていたギャレットの右足が崩れた。

しまった！

ギャレットが心の中で叫《さけ》ぶも、どうしようもなかった。

次の瞬間、ソウザの繰り出す槍が、ギャレットの左脇腹を貫いた。

「ぐ……むう……」

左脇腹から大量に噴き出す鮮血《せんけつ》。

ギャレットの視界が一気に狭《せま》くなる。

そして意識も朦朧《もうろう》としてきた。

ギャレットはそれでも最後の力を振り絞《しぼ》り、剣を頭上高くに振り上げた。

だが、その剣は振り下ろされることはなかった。

ギャレットはゆっくりと仰向《あおむ》けに倒れ、意識を失う。

「ふん！　死んだか？　それとも……まあいい、生きていたとしても、お前のとどめは後だ。それよりも……あの女どもだな」

ソウザはそうつぶやくと、不快な雄叫《おたけ》びを上げた。

「キャーッホッホー！」

そして、メルアたちに向かって歩いていく。

そこへ、突然アリアスが踵《きびす》を返し、持っていた短剣を一気に抜き放ち、侍女たちの前に出た。

「メルア！　ルイーズ！　お逃げなさい！」

メルアたちは呪文の詠唱《えいしょう》をやめ、目を開けた。

「姫様！　どうして！」

アリアスは振り向きもせずに答える。

「この男の目的はわたしよ！　だから、お前たちは逃げるの！　いいわね！」

「ダメです！　姫様！」

しかし、ゆっくりと近づくソウザが、無慈悲《むじひ》に言った。

「おいおい、俺が見逃すわけないだろう？」

それでも、アリアスは引かない。

「わたしが時間稼《かせ》ぎをするわ！　さあ、早く！」

「姫様！」

さらに、ブラインドを食らっていた騎士たちも、アリアスたちに向かってくる。

「よくもやってくれたな、小娘」

それをソウザが制した。

「待て待て待て。こんな小娘どもにいいようにやられやがって。いいか、こいつらは俺の獲物だ。手出しするなよ」

ここで突然、アリアスが前に飛び出した。

胸の前で短剣を構え、ソウザに向かって突き進む。

だがソウザはにやりと笑うと、身体をひょいっと背けるだけで躱《かわ》した。

目標が突然目の前からいなくなり、たたらを踏むアリアス。

すぐに体勢を整え、再び短剣を構えてソウザに向かう。

ソウザはまたも難なく躱《かわ》した。

すると、今度は上手く体勢を整えられず、アリアスは転んでしまった。

そんなアリアスに駆け寄る侍女たち。

「さて、どっちの女からいたぶってやろうかね？」

ソウザが舌をチロチロと出しながら、アリアスを挟《はさ》んだ二人の侍女をねぶるように見る。

そして、右のメルアを選んだ。

「こっちだな！」

ソウザはそう言うや、彼女に向かって槍を突き出した。

だがその瞬間！

影がすさまじい勢いで飛んできた。

禍々《まがまが》しいソウザの槍を、美しき蒼い槍が撥《は》ね上げる。

「え？」

驚くソウザであったが、すぐに目の前にその蒼き槍が迫った。

「ぐっ！」

ソウザは慌《あわ》てて、身体をよじって避ける。しかし、無理な動きだったせいで、地面に倒れ込んだ。

そこへ再び蒼き槍が襲いかかる。

ソウザは地面を何回も転がって避ける。

そして、距離を取ったソウザが上半身を起こし、相手を見た。

「なっ！　……き、貴様……どうしてここに！」

ソウザを驚き慌《あわ》てさせる男の名を、アリアスが叫《さけ》んだ。

「カズマ！」

☆

僕――カズマは、アリアスににっこり笑いかけた。

「待たせたね、アリアス！　もう大丈夫さ！」

「おお！　カズマ！　無事だったのね！」

アリアスが喜びの声を上げる。

それとは正反対に、ソウザは信じられないといった顔で叫《さけ》んだ。

「貴様！　なぜここにいる！　カイゼルは……いや、将軍閣下はどうした？」

「倒したよ」

僕はあっさり答えた。

するとソウザたちが、皆一斉にのけ反るように驚いた。

ただ、ソウザは僕の言うことを信じられなかったらしい。

「ば、馬鹿な！　そんなことがあり得るか！」

「そう言われても、倒したものは倒したよ」

「ない！　ない、ない、ない、ない、なーーい！　そんなことは絶対にあり得なーーい！」

強情なやつだ。

「僕がここにいるのが、その証拠じゃないか」

僕はちょっと顎《あご》を上げて、フンッと鼻を鳴らした。

それでも、ソウザは僕の言うことを信じなかった。

「嘘だ！　あいつは……いや、閣下はとんでもない化け物で……」

「確かに、あんたよりだいぶ強かったよ」

「そ、そんな……」

頬《ほお》を引きつらせたソウザは、一歩後ずさりした。

「ば、馬鹿な……」

ようやく僕の言うことを信じたのか、さらに一歩後ずさりする。

「あ、あり得ん……」

あっ！　そういうことか。

「まさか、逃げる気じゃないよね？」

すると、ソウザの顔から玉の汗が噴き出した。

「な、何を言うか！　この俺がお前ごとき小僧《こぞう》を相手に、逃げ出すわけがないだろうが！」

ソウザはさらに一歩後ろに出そうとしていた足を、そーっとその場に置いた。

よし！　僕は心の中でガッツポーズを作った。

それというのも、実はカイゼルにやられた左足の怪我《けが》が思わしくなかったからだ。

カイゼル戦の後ここに駆けつけるまで、痛みを気にせず全力で走り続けたことにより、僕の左足の怪我《けが》はさらに悪化してしまったらしい。

本気でソウザが逃げようとしたら、あの俊敏《しゅんびん》さだ、たぶん追いつけないだろう。

だから僕はソウザを挑発《ちょうはつ》していた。

だがここで、ソウザがチラリと僕の血だらけの左足に視線を落とした。

そして、あの嫌らしいニマ～っとした笑みを浮かべる。

「いや～悪いな～、お前の相手をしてやりたいのは山々なんだがな～、俺はカイゼル閣下が心配で心配で仕方がない。だって、お前がここにいるということは、そういうことだものな～、あ～残念だなあ～」

くっ！　こいつ！

「やっぱり逃げる気か！」

「おいおい、人聞きの悪いことを言わないでくれよ～、仕方がないではないか、俺は上官思いなんだよ」

「嘘をつけ！　さっきからあいつとか、呼び捨てにもしていたじゃないか！」

「はて？　そうだったか？　覚えてないなあ～」

ソウザはすっとぼけて、またもニマ～っとした嫌らしい笑みを浮かべた。

「小僧《こぞう》、貴様との決着は後日だ。そのときまで蒼龍槍はお前に預けておくからな！　ちゃんと大事に持っておけよ！」

ソウザはさっと、脱兎《だっと》のごとく駆けていった。

部下たちも慌《あわ》ててそのあとを追い、結果、僕はまんまと彼らに逃げられてしまった。

「カズマ……来てくれてありがとう……」

アリアスが涙声で僕に礼を言う。

よかった。ソウザたちには逃げられてしまったけど、アリアスに怪我《けが》はないようだ。

僕は、ほっと胸を撫《な》で下ろす。

「……ギャレット！　……目を覚まして……」

アリアスが心配そうに、草地に仰向《あおむ》けで倒れているギャレットを覗《のぞ》き込む。

ゆっくりとギャレットの瞼《まぶた》が開かれる。

「……む……うぅ……」

「ギャレット！　気を確かに！」

アリアスの祈るような叫《さけ》びに、ギャレットが意識を取り戻した。

「殿下……ここは……む、そうか……わたしは……」

アリアスはうんうんと嬉しそうにうなずく。

「大丈夫よ。敵はカズマが退けてくれました」

ギャレットは仰向《あおむ》けのままあたりの様子を窺《うかが》い、僕の顔を見つけるなり言った。

「おお……カズマよ……生きていたのか……それに……殿下を護《まも》ってくれたのか？」

「はい。なんとかアリアスを護《まも》ることはできましたけど……」

僕はここへ来る途中、護衛隊員の皆が倒れ伏しているのを思い出した。

ギャレットも察したのか、うなずいた。

「うむ。わかっておる。彼らは己の使命を果たしたまでだ。お前が気にすることではない」

そして、ゆっくりと上半身を起き上がらせた。

侍女の二人がそれを手助けする。

なんとか起き上がったギャレットは、アリアスに向かって深々と頭を下げた。

「殿下、お護《まも》りすることができず、お許しください」

アリアスは何度も大きく首を横に振った。

「いいえ、わたしは今ここにいます。ギャレットも、カズマも、護衛隊員の皆も、メルアやルイーズも、皆が力を合わせて護《まも》ってくれたおかげで、今こうしてわたしは話すことができています。だから謝らないでください」

「はっ」

ギャレットは深く首《こうべ》を垂《た》れて一言だけ答えた。

「治癒《ちゆ》魔法をかけましたが、あまり無理はしないでください。いいですね？」

「承知いたしました」

アリアスはうなずくと、僕に向き直った。

「カズマもよ。あなたの傷もかなり深かったのだから、無理は禁物です」

僕は笑顔で首を縦に振る。僕も彼女の魔法で治してもらったのだ。

「うん。わかった。ありがとう。でも凄《すご》いね、治癒《ちゆ》魔法って」

「そんなことはないわ。わたしの治癒《ちゆ》魔法なんて大したことないの。もっと凄《すご》い術者だったら、どんな大きな傷もたちどころに治してしまうわ。でも、わたしはまだまだ未熟だから、なんとか傷口を塞《ふさ》ぐくらいしかできないの。だから、本当に無理をしてはダメよ？　傷口が開いてしまうかもしれないんだから」

「うん、わかったよ。無理はしない」

アリアスは笑みを見せてくれた。その後、再びギャレットの方を向く。

「ギャレット、立てるかしら？」

「問題ありません。もちろん、無理はいたしませんとも」

ギャレットが笑みを浮かべてそう言うと、アリアスは笑顔でうなずいた。

「ええ。本当にお願いよ」

「御意」

ギャレットは、侍女の二人の肩を借りつつ、ゆっくりと慎重に立ち上がった。

少し痛そうだったが、歩くぐらいは大丈夫そうだ。

僕は心底よかったと思いつつも、この先のことが心配になった。

「まずは馬車のところに戻りましょう。おそらく敵はもういないと思うので」

アリアスたちは同意した。

僕らが馬車のところまで戻る途中、倒れていた護衛隊員の内、二名がかろうじて生きていた。アリアスが治療《ちりょう》を試み、なんとか一命をとりとめた。

とはいえ、二人はとてもではないが動かせる状態ではないため、アリアスと侍女二人とで、さらなる治療《ちりょう》をすることとなった。

そのため、ギャレットと二人で馬車に戻る。

「やはり車輪が外れているな。これでは到底動かせん。修理するしかないな」

馬車の状態を確認したギャレットが、苦々しげに言った。

「僕も手伝います。どうしたらいいですか？」

「うむ、助かる」

僕はギャレットに指示を受けつつ、馬車の修理を開始した。

初めはぎこちなかったものの、みるみるうちに、僕の修理の手際《てぎわ》はよくなった。

「カズマ、ずいぶんと上手いではないか」

「いやあ、たぶん、やるうちにどんどんレベルアップしているんだと思います」

褒《ほ》められて、僕は照れくさかった。

「そうか！　お前のスキルは、レベルアップに必要な経験値が全て1だったな」

「はい。なので……これは大工仕事なんですかね？　その関連のスキルがレベルアップしているんだと思います」

「なるほどな。こういったことでも頼もしいとはな！　驚きだ」

「いえいえ。それよりも、早いところ修理しちゃいましょう」

「うむ、そうだな。馬車の修理さえできれば、部下たちも乗せてやれる」

「はい」

僕は返事をすると、さらに熱を入れて馬車の修理に励《はげ》んだ。


「よし！　修理完了だ！」

ギャレットが満足そうに言った。

僕も大満足でうなずく。

「こんなに短時間で修理できるとはな。これもカズマのおかげだ」

ギャレットが僕を褒《ほ》める。

どうも、何度褒《ほ》められても慣れない。

「いえ、これもスキルのおかげです」

「そうだなあ、まさか、木こりのスキルまで持っているとは思わなかったな」

実は修理していくうちに、車輪を支える車軸に亀裂が走っていることがわかり、交換が必要となった。

そのため、僕は手近な木を切り倒し、車軸を作ることにした。

僕は窪地《くぼち》の生活のとき、薪《まき》にするべく何回も大きな木を切り倒していた。そのときに得たスキルが役に立った。

ただ、切り倒した木の加工には少しだけ苦労した。木の加工はこれまでしたことがなかったからだ。

だが、それも何度か試していくうちに次第に慣れていき、無事に車軸を作ることができた。

「いやあ、車軸がダメだとわかったときは万事休すと思ったが、見事にやってくれた。助かったぞ」

ギャレットが嬉しそうに礼を言う。

僕は恐縮した。

「いえいえ。それより、護衛隊員のお二人は大丈夫でしょうか？」

「うむ、そうだな。だが、彼らのところまで馬車を引いてはいけんしな……」

護衛隊員の二人がいるところは獣道で、とてもではないが馬車では行けない。とはいえ、彼らの傷は背負って運べるほど軽くはなかった。

「動かせる状態になるまで回復を待つしかないですね」

僕がそう言うと、ギャレットが真剣な表情でうなずいた。

「それしかあるまいな」

「とりあえず様子を見に行きませんか？」

「うむ。そうしよう」

僕らは護衛隊員たちのところへ戻ることにした。


「お加減はどうですか？」

僕はギャレットと戻るなり、付き添っている侍女のメルアに尋《たず》ねた。

するとメルアは、すぐに首を横に振った。

「傷は塞《ふさ》がっていますけど、動けるようになるには時間がかかるかと……」

当の護衛隊員も痛みをこらえて、申し訳なさそうに言った。

「申し訳ありません……このような無様《ぶざま》な姿をお見せしまして……」

ギャレットはすぐに部下をねぎらった。

「よい。お前たちはよくやってくれた。まずは休んでおれ」

護衛隊員は声もなくうなずいた。

そのとき、僕らが先ほど急いで作った、四人の護衛隊員の墓が目に入った。

それは簡素なものだった。土を掘って遺体を埋《う》め、その上に盛り土をして墓標代わりの木を立てただけだ。

僕は墓の前へ行き、今一度祈りを捧げた。

助けてあげられなくてごめんなさい。

でも、アリアスはちゃんとオルダナ王国へ送り届けますからね。

ちょうどそこへアリアスがやってきた。

僕はもう一人の様子が気にかかり、すかさず尋《たず》ねた。

「向こうの護衛隊員さんの容態は？」

アリアスは残念そうに首を横に振った。

「だいぶ容態は安定してきたけど、まだ歩ける状態じゃないわ」

やはりこちらと同じだ。

それも当然か。瀕死《ひんし》の重傷だったわけだし。

でも、いつまでもここにいるわけにはいかない。

なら、どうすれば……

そのとき、遠くから大型の獣が発するような声が聞こえてきた。

この瞬間、僕の頭の中にある考えが浮かんだ。

「ねえ、アリアス、担架《たんか》のようなもので、隊員さんたちを馬車まで運んだらどうかな？」

「ええ、担架《たんか》で運ぶのなら問題ないと思う。それに、馬車に揺られるのも、あまり速度を上げなければ耐えられると思うけど……」

だが、アリアスは怪訝《けげん》な顔をしている。

「でもカズマ、担架《たんか》なんてどこにあるの？」

僕はアリアスの問いかけに、満面の笑みで答えた。

「それは今から作るのさ！」


「お待たせ！」

僕は肩に担《かつ》いだ巨大な獣の皮を下ろして、地面に広げた。

「かなり硬い皮を持つ獣だったから、担架《たんか》として使えると思うよ！」

「獣を狩って、これを？」

アリアスが驚きの声を上げる。

「そう。剥《は》いだばかりだから、においは凄《すご》いけどね」

僕は自分の鼻をつまむ仕草をした。

ギャレットが獣の皮を手に取り、ギュッと強く引っ張る。

「うむ！　これなら担架《たんか》として充分な強度がある！」

「これで二人を馬車に運びましょう！」

「うむ！　これで出発できるな」

僕たちはうなずき合うと、早速、即席担架《たんか》の上に隊員を乗せる作業に入った。


「これで準備は整いました。殿下、出発いたします」

馬の手綱《たづな》を握《にぎ》るギャレットが、振り返って荷台に座るアリアスに告げた。

「ええ。参りましょう」

ギャレットはうなずくと、前を向いて手綱《たづな》を操《あやつ》った。

手綱《たづな》が波を打って軽く馬を打つ。

それを合図に、馬がゆっくりと歩き出す。

車輪がゴウンゴウンと音を立てて回り出す。

どうやら大丈夫なようだ。

僕はほっと胸を撫《な》で下ろした。

ようやく安心し、片足を立てていた姿勢から僕は荷台に座り込んだ。

だが、僕にはもう一つの懸念事項があった。

「隊員さんたち、大丈夫そうですか？」

僕の問いに隊員たちが答えた。

「ああ、大丈夫だ」

「おかげで助かったよ」

僕は笑顔でうなずく。

ふとアリアスを見ると、獣道に向かって、胸の前で手を合わせて祈りを捧げていた。

おそらく、亡くなった隊員たちのためにだろう。

僕も瞑目《めいもく》し、四人の冥福《めいふく》を祈る。

こうして僕らは、遥《はる》か遠い目的地、オルダナ王国を目指して、深い森の中を進んでいく――

キャラクターデザインラフ大公開!

PROFILE

カズマ

年齢：15 歳
身長：165 センチ
体重：55 キロ
特技：鉄棒
好きなもの：食べ物はなんでも!
嫌いなもの：早寝早起き

PROFILE
アリアス
年齢：17歳
身長：161センチ
体重：秘密
特技：速読
好きなもの：お肉全般
嫌いなもの：野菜全般
1×∞

PROFILE

ギャレット

年齢：48 歳
身長：178 センチ
体重：68 キロ
特技：カードゲーム
好きなもの：日々の鍛錬
嫌いなもの：無礼な若者

PROFILE

カイゼル

年齢：28 歳
身長：187 センチ
体重：72 キロ
特技：スポーツ全般
好きなもの：実直な部下たち
嫌いなもの：権力を振りかざす者たち

PROFILE

ソウザ

年齢：34歳　身長：174センチ
体重：53キロ　特技：料理
好きなもの：弱い者いじめ
嫌いなもの：俺より上の立場にいる奴ら、全員

転生したら、なんか頼られるんですが
1~3
Nekozuki Haru
著 猫月晴
限界突破な神の加護で、今世は頼られまくり！
でもやりすぎて、異世界変革してました…
無自覚・天才少年は
やることなすこと規格外！
仕事帰りにトラックに撥ねられて、命を落としてしまった会社員の江崎塁《えざきるい》。けれど目が覚めるとそこは異世界で、おまけに愛らしい3歳児・エルになっていた！　社畜として馬車馬のように働く毎日から一変、優しい家族に囲まれ、楽しく賑やかな日々がスタート。超効能ポーションを作ったり、即席で魔法を創造したり……時たま起こるトラブルも、前世の知識でサクッと解決！　――って、あれ？　ちょっとやりすぎた？　気がつけば家族からも友人からも頼られて、次々に規格外なことをしでかしてしまい……この世界の普通ってなんですか!?　最強少年が繰り広げる、異世界爽快ファンタジー！
●各定価：1320円（10%税込）　●illustration：たてじまうり
コミカライズ
大好評連載中！
転生したら、なんか頼られるんですが
猫月晴
限界突破な神の加護で、今世は頼られまくり！
でもやりすぎて、異世界変革してました…
無自覚・天才少年は
やることなすこと規格外！
この世界の普通、教えてください…(汗)最強少年の超・爽快ファンタジー！
1~3巻好評発売中！

この作品に対する皆様のご意見・ご感想をお待ちしております。

おハガキ・お手紙は以下の宛先にお送りください。

【宛先】

〒 150-6008 東京都渋谷区恵比寿 4-20-3 恵比寿ｶﾞｰﾃﾞﾝﾌﾟﾚｲｽﾀﾜｰ 8F
（株）アルファポリス　書籍感想係

メールフォームでのご意見・ご感想は右のＱＲコードから、
あるいは以下のワードで検索をかけてください。

アルファポリス　書籍の感想　検索

ご感想はこちらから

本書は Web サイト「アルファポリス」（https://www.alphapolis.co.jp/）に投稿されたものを、改題、改稿、加筆のうえ、書籍化したものです。

1×∞《ワンバイエイト》 経験《けいけん》値《ち》1《いち》でレベルアップする俺《おれ》は、最速《さいそく》で異《い》世《せ》界《かい》最強《さいきょう》になりました！

マツヤマユタカ

2023年 5月30日初版発行

編集－加藤純・宮坂剛
編集長－太田鉄平
発行者－梶本雄介
発行所－株式会社アルファポリス
〒150-6008 東京都渋谷区恵比寿4-20-3 恵比寿ｶﾞｰﾃﾞﾝﾌﾟﾚｲｽﾀﾜｰ8F
TEL 03-6277-1601（営業） 03-6277-1602（編集）
URL https://www.alphapolis.co.jp/
発売元－株式会社星雲社（共同出版社・流通責任出版社）
〒112-0005 東京都文京区水道1-3-30
TEL 03-3868-3275
装丁・本文イラスト－藍飴
装丁デザイン－AFTERGLOW
印刷－中央精版印刷株式会社

価格はカバーに表示されてあります。

落丁乱丁の場合はアルファポリスまでご連絡ください。

送料は小社負担でお取り替えします。


ISBN978-4-434-32039-2 C0093